KOTATSU TAKAHASHI
高橋炬燵
ILLUSTRATION
カカオ・ランタン
チュートリアルが始まる前に 3
BEFORE THE TUTORIAL STARTS
ボスキャラ達を破滅させない為に俺ができる幾つかの事

NAME
ヒミングレーヴァ・
アルビオン
NAME
清水凶一郎
しみずきょういちろう

NAME
ケラウノス

NAME
清水文香《しみずふみか》
NAME
ユピテル
BEFORE THE TUTORIAL STARTS

チュートリアルが始まる前に3

BEFORE THE TUTORIAL STARTS

ボスキャラ達を破滅させない為に
俺ができる幾つかの事

KOTATSU TAKAHASHI
髙橋炬燵

ILLUSTRATION
カカオ・ランタン

■プロローグ　■れてしまった、遠いユメ

◆◆◆

夢をみる。
誰かがワタシの手を引く夢。
女の人が「ごめんね」と笑っている。
男の人が「お前に俺達を恨む資格はないからな」と睨《にら》んでいる。
雪がたくさん降っていた。
とても、とても寒かった。
その日から、ワタシはずっと、ひとりぼっち。

◆

〝せんせい〟が言うには、ワタシのお家《うち》はとっても貧乏だったらしい。
男の人がいっぱいおかねを借りて、それが返せなくなって、ワタシを売ったんだって。

「ワタシが前の男の人の娘だったから？」って聞いたらせんせいはこう言った。

「そうじゃない。君が特別な子だからさ」

ワタシはいらない子？　それともいて良い子？

◆

〝しせつ〟は、ワタシのような売られた人間を集めて、〝じっけん〟をする場所だった。

ご飯は食べさせてもらえるし、お風呂にも入れる。

だけど、いっぱい注射した。怖い映像をいっぱいみせられた。

怖い映像はとっても怖くって、中にはそれで■んだ子もいた。

ここではよく人が■ぬ。

お薬に耐えられなくて■ぬ子もいれば、テストの成績が悪くて■された子もいる。

初めはみんなワンワン泣いていた。

だけど誰も助けてくれなかった。

泣き続けている子はお人形にされた。

みんな泣かなくなった。

◆

ビリビリ痛い。

冷たい水の中で閉じ込められるのヤダ。

〝かりきゅらむ〟で誰かをいじめなくちゃいけなくなった。

断ったらワタシがずっといじめられ係ににんめいされた。

◆

〝娘〟になる為《ため》のテストをやった。

いっぱいの女の子達が長い長い時間をかけて、色んなことをやらされた。

みんなで■し合った。

ワタシは怖かったから一生懸命逃げた。

誰がどこにいるかは、何となく分かった。なんで分かるのかはさっぱり分からない。でも昔からそうだった。

遠くの誰かの居場所とか、怖いものが来る気配とか、そういうのがワタシにはみえる。

目じゃなくて、頭の奥でチカチカと何かが点滅して、教えてくれるの。

せんせいはこの〝分かるやつ〟を「てんせいの精神感応《テレパス》」と言っていた。なんのことかはさっぱりだけど、この〝分かるやつ〟を使えば、隠れたり逃げたりするのはそんなに難しくなかった。

でも、みんなが■し合うのを遠くでみてるのはつらかった。ごめんなさい、と誰もいないお部屋で何度も謝った。

ごめんなさい。助けてあげられなくてごめんなさい。

逃げてばっかりでごめんなさい。

弱くて、ズルい子でごめんなさい。

ごめんなさい。ごめんなさい。ごめんなさい。ごめんなさい。

◆

最後は同士うちだった。

みんな■んだ。

隠れてたワタシだけが生き残った。

せんせい達が言った。

「おめでとう、――――。合格だ。君は晴れて本当に特別な子となった」

逃げていただけのワタシがどうして特別？

あの子達は特別じゃないから■んだの？

分からなかった。何も分からなかった。何も分からないまま、連れて行かれた。
暗い暗いところに連れて行かれた。

◆

暗いところは怖いものでいっぱいだった。
■んだ子達が、お前のせいでとワタシに怒った。
大きな怪物に何度も食べられた。
夢？　幻？　目を覚ますと何もかもが戻っていて、またおばけや怪物に襲われる。
今までで一番、つらいじっけんだった。
とにかく怖くて痛くて寂しくて
いっそ、■んでしまいたいと思った。
だけど弱いワタシは自分で自分を■すことも出来なくて、それで
〝可哀想《かわいそう》に〟
それでワタシは
〝ひとりぼっちは辛《つら》いかい？　誰かに守ってもらいたい？〟
その声に耳を
〝ならば君は、今日から私の娘になるといい。そうすれば君は一生、守ってもらえるよ〟

傾けてしまって――――

◆

〝その代わり、君の■■を頂くよ。なに、とって食いやしないさ。私が預かって、管理するだけだ。安心しなさいユピテル。辛い■■なんて全部■れてしまえばいい。君には私がいる。私だけが君の味方だ。さぁ、契約を〟

◆

そしてワタシは、『ケラウノス』の契約者《むすめ》、ユピテルと呼ばれるようになったのだ。

■第一話　同盟

◆◆◆ダンジョン都市桜花・第三百三十六番ダンジョン『常闇』第一中間点「展望台エリア」‥清《し》水凶一郎《みずきょういちろう》

実のところ『ケラウノス』の〝調伏〟は、ユピテルの受け入れを決めた時点で予測していたイベントの一つではあったのだ。

調伏。既に契約済みの精霊を打ち倒すことで、契約条件の更新を迫る荒療治《バトルイベント》の総称。

ゲーム時代においては、専ら新技の習得や、各種キャラクターシナリオの盛り上げ所として多用されてきたこの概念は、しかしながら現実に落とし込むとこういうことになる。

――自分のことを偉いと勘違いしている奴をとりあえずボコって無理やり手懐《てなず》けろ。

……うん、まぁお世辞にも紳士的《スマート》とは言えないよな。

一応公式サイドの言葉を借りるのであれば「精霊に自分の力を示すことで、新たな可能性を得ること」を調伏と呼ぶらしいのだが、これは幾らなんでも着飾り過ぎだ。

良くも悪くも調伏という行為の本質は、武力行使という手段に過ぎない。そこに「どういった目的で」だとか「調伏に挑む精霊使いと精霊《パートナー》の関係性」みたいなそれぞれの事情が挟まって初めて善悪みたいなものが浮かび上がってくるんじゃないかと個人的には思っている。

　その辺りも含めて今回のケースを改めて見ていこう。

『ケラウノス』、俺達の冒険者パーティーの一員であるユピテルの契約精霊であり、等級は亜神級上位《ハイデミス》の神威型。能力は、「瘴気《ドク》」と「雷」の二重属性である「黒雷の生成と操作」で、主に霊術攻撃的な側面において高い機能性を持つ。

　特に圧巻なのが、その出力だ。改造型神威という特殊な経歴も相まってか奴の放つ黒雷は、同ランク体の中でも飛び抜けており、単純な最大発揮値《フルパワースペック》という観点だけで計るのならば、それこそワンランク上の亜神級最上位《怪物達》と比べても遜色がないほどだ。

　正直、性能面においては何ら問題はない。流石《さすが》はグランドルートの中ボスを務めるだけのことはあると手放しに褒めても良いくらいの優れた力を奴は確かに持っている。

　問題は、こいつの性格と相棒《パートナー》であるユピテルと交わした契約の内容がどっちをとっても「最悪」なことにある。

　稀代《きたい》の雷親父《かみなりおやじ》にして毒親。奴の在り方は、所謂《いわゆる》モンスターペアレントそのものだ。

「親代わりって言えば聞こえはいいけど、あそこまでしゃしゃり出てくる親御さんは遥《はるか》さん的にはナシだにゃー」

　夜の中間点。ダンジョンの中に設けられたこの巨大な安全地帯《セーフティエリア》の空間設定は、昼夜はおろか年中変わらず最適だ。

　最適な温度設定。最適な湿度。空気は常に清涼で、俺の大嫌いな雨もなければ、虫もいない。ダンジョンの神の代行者にして眷族神《けんぞく》であらせられる偉大なるヤルダシリーズ（通称ぷるぷるさん達）によって作り上げられたこの街には不思議な魔力がある。

毎日のように開かれる屋台のお祭り。

香辛料の利いた肉の香り、砂糖の甘さをこれでもかと堪能《たんのう》できる綿菓子の匂い。少し目を凝らせばそこかしこで路上パフォーマーが芸を競い合い、歓楽街の中央に設置された銀色の屋外ステージでは毎晩のように特別な催し《イベント》が為《な》されている。

喧騒《けんそう》。雑多。混沌《こんとん》。建物の形が和洋入り混じっていたり、その癖タワーマンションみたいなハイソサエティな高層ビルはどこを探しても見当たらないところも含めて、なんというかこの街は「田舎の夏祭り」を切り取ったような場所なのだ。

そんな祭りの日常を上から一望できる展望台エリアの一角で、俺達は今「奴」についての対策会議を行っている。

この場にユピテルはいない。あいつは借り家のベッドの中で就寝中だ。数時間前の出来事《たたかい》が余程堪《こた》えたんだろう。一度起きて少し話した後、彼女はまたすぐに眠りについて、そのままだ。

別に最初からナイショ話の機会を狙っていたというわけではないが、結果的にユピテルが眠ってくれたお陰で、俺達はこうして二人で話す時間を得ることが出来た。

借り家を抜け出して、こうして外のベンチに座っているのは、あいつが抱えている問題がかなりデリケートなものであるということと、何よりも俺達が「日常の景色」ってやつを欲していたからだと思う。

十五層での戦いからまだ半日も経《た》っていない。階層守護者である怪鳥カマクとの決戦、そして娘の窮地に顕現した黒雷の獣《ケラウノス》の暴走。

戦いに次ぐ戦いの中で張り詰めてしまった感情は、気晴らしを求めていた。そして、そんな時にこの第一中間点の「祭り」が二人の中で思い浮かんで、それであれよあれよという間に外へ……みたいな流れだったと思う。

だが、眠っているとはいえ今のユピテルを放置したまま外に出かけるというのは、些《いささ》か以上に忍びない。

目が覚めた時、誰もいないと分かればあいつはきっと寂しがるだろうし、あるいは変な勘違いを起こしてどこかへ消える――なんてすれ違い展開だけは絶対に避けなきゃならないからな。

だから俺達は、そういった間違いを犯さない為に、お目付け兼伝令役を雇うことにしたのだ。

現在、我が借り家の中には精霊石《おかね》で雇った大量のぷるぷるさん達がひしめき合っている。ユピテルが目覚めたり、あるいは彼女の身に万が一のことがあった時には、すぐに彼らが伝えてくれるはずだ。

傷ついたユピテルの心と疲弊した俺達の神経。どっちかなんて選べないし、選ぶ必要もない。落ち着く時間も、あいつを一人にしないことも、正しく等しくやるべきことなのだから。

星が煌《きら》めく夜空に打ち上がる花火を眺めながら、俺は彼女の発した意見に所感を述べる。

「過保護と言えば聞こえはいいが、アイツはちょっとやり過ぎだよな」

「そーそー。あの大きな犬っころ、ユピちゃんを守っているようで全然守ってないんだよ。むしろあんな風に暴れられたらユピちゃんが独りになっちゃうじゃん！」

その後に「まぁ絶対にあたしがひとりぼっちになんかさせないけど！」と続く辺りがいかにもこいつらしかった。

濃紺のタンクトップに有名な海外ブランドのスポーツジャケット。素材が抜群というのももちろんあるのだろうが、軽やかさを感じるパールホワイトがインナーの魅力を何倍にも引き立てている。

そして何よりもその髪型だ。長い黒髪を上方で結ったサムライポニー。

それは、ダンマギ無印のヒロインの一角にして彼女の実妹である蒼乃彼方《あおのかなた》に酷似した姿であったが、顔を見ればすぐに二人の違いに気づく。

遥《はるか》には、妹《かなた》さんのような鋭さや静けさはあまりない。その碧眼《へきがん》は穏やかな猫のように丸みを帯びていてどことなく鷹揚《おうよう》というか余裕のある雰囲気なのだ。

何よりも彼女の場合、面白いくらいに表情が変わる。楽しいと思った時には大いに笑い、面白そうなものがあれば瞳を輝かせながら飛びつくのだ。

全力で、そして全身で生を謳歌《おうか》しているこいつの姿に俺はいつだって元気をもらっている。今もほら、夜店のホットドッグを美味《おい》しそうに飲み込みながら

「え、どした？　……もしかして顔にケチャップとかマスタードがついちゃってる？」

「大丈夫。何もついてない。いつも通り綺麗《きれい》に食えてるよ」

「なら、よござんす」

そのまま本日何個目かのホットドッグを紙包みから取り出して美味しそうに頬張る恒星系。

俺は脇に置いたペットボトルの水を取り、妙に熱っぽい身体《からだ》を冷ましながら「それで」と
「どうすればいいと思う？」

遥《はるか》の顔が難しそうに歪《ゆが》んだ。

やはり姉妹というか、ポニーテールでいかめしい顔つきをするとかなたんにそっくりである。

「とりあえず、あの犬っころをギタギタにやっつけるのは確定として」

「うん」

「だけどさっきみたいに倒すだけじゃ意味ないんだよね」

「全く無意味とまでは言わないが、少なくとも俺達が何度アイツを倒したところで〝調伏〟扱いにならないことだけは確かだよ」

あの十五層の戦いに顕《あらわ》れたケラウノスは、言わば化身《アバター》。本体の意志と繋《つな》がってはいるものの、所詮は奴の霊力を利用して作られた人形に過ぎない。

条件さえ整えば、つまりユピテルが一定以上のストレスに苛《さいな》まれてそれを制御できなくなった瞬間に、ケラウノスは仮想の肉体を形成して暴れ出す。

銀色の少女の言葉を借りるのならば、これはそういう契約なのだそうだ。愛娘《まなむすめ》を痛みや苦しみから守る為の防衛行動。傍《はた》から見れば異常に映るあの暴れっぷりもつまりは彼女達にとっては契約の範囲内で行われている決め事《ルール》に過ぎず、だからこそユピテル本人が幾ら止めてと願っても聞き入れてもらえないのだ。

だって、そういう契約なのだから。

精霊との契約は絶対だ。彼らにとっての約束事とは即《すなわ》ち、この世と精霊界《あちら》を繋ぐ楔《くさび》でありパイプであり権利であり義務でもある。

だからユピテルがあの化物と父娘《おやこ》契約を結んでいる以上、アレは当然の義務《けんり》として娘に害なす者へと牙を剥《む》く。

そしてその判定対象は、俺達にまで襲いかかれるほどに広大《ガバガバ》だ。「娘を守る」という字面だけは綺麗な理屈を笠《かさ》に着て顕現した雷親父にこちらの常識はまるで通じない。

そうしてケラウノスが暴れれば暴れるほどユピテルは孤立していき、よりストレスを溜《た》め込みやすくなっていく。

ストレス。暴走。孤立。ストレス。暴走。孤立。ストレス。暴走。孤立。ストレス。暴走。孤立――どうだい、絵に描いたような負のスパイラルだろう？　原作のユピテルが悪に堕《お》ちた表向きの理由は「悪の『組織』に拾われたから」ということになっちゃいるが、彼女がそんな反社会組織に縋《すが》らざるを得なかった根本的な原因は、このケラウノス・スパイラルとでも言うべき負の連鎖状況にあるのではないかと俺は踏んでいる。

要するに全ての鍵はこの【数年前にケラウノスとユピテルが交わした父娘契約】にあるのだ。

この契約があるからケラウノスは「父親による保護」という建前で好き勝手に暴れ回ることが出来、この契約のせいでユピテルは「娘として守られなければならない」という縛りに囚《とら》われている。

だから俺達は、この契約をどうにかして変えなければならない。

そしてその一番現実的な方法こそがさっきから何度も出ている〝調伏〟というわけなのだが、し

かし
「条件さえ揃《そろ》えば、手伝うことは出来る。だけど」

そう、だけど。調伏という儀式において俺達外野が補助として参戦することは確かに可能だ。だけどそれはどこまでいってもお膳立て。その根源的な部分においては、立ち入ることすら許されない。

調伏とは、精霊使いと契約精霊の間で行われる武力的な更新交渉《ネゴシエーション》である。つまり、幾ら俺達が頑張ったところでユピテルがケラウノスに打ち勝たなければ、何も変わらないのだ。

「ユピちゃんが、あの獣と戦う……うわー想像するだけで遥《はるか》さんハラハラが止まらないんだけど」

ワクワクではなく、ハラハラ。流石のワクワクさんでも、大切な仲間が無茶な戦いを挑む時には、こういう感情を抱くんだな、と変な感慨を覚える。さておき
「でもさでもさ、そもそもどうやってアイツの本体を引きずり下ろすの？　凶さん教えてぷりーず」

「いや、アクセス自体はそんなに難しくないんだ」

ウチのアルさんのような真神級《トップランク》以上は例外として、基本的に亜神級《デミス》以下の精霊は契約者の「中」に住み着いている。だから特定の潜入方法や、あるいは術者に大きめのショックを与えるなどの方法で、精神《ココロ》の扉《ドア》を開けることさえ出来れば、内に眠る精霊と直接交信すること、ひいてはそのまま調伏の試練に挑むことも可能なのだ。

「えっ？　そうなの？　ウチの『布都御魂《ミーちゃん》』、そんなめんどくさいことしなくても、何でも言うこと聞いてくれるし、お話ししてくれるよ？」

俺の説明に対し、心から驚いたような顔で小首を傾《かし》げる恒星系。

遥曰《はるかいわ》く、ミーちゃんこと『布都御魂《フツノミタマ》』は、その契約を親から継承したその日からずっと「素直な良い子」だったらしい。

「それは多分、お前さんが誰よりも『布都御魂《フツノミタマ》』の契約《ねがい》を叶《かな》えてやってるからじゃないかな」

遥《はるか》の『布都御魂《フツノミタマ》』や、蒼乃彼方《かなたん》の『天羽々斬《あめのはばきり》』に代表されるような剣や斬撃系統に属する精霊達は、往々にして「卓越した剣士」を望む傾向にある。そしてそういう観点において、ウチの遥《はるか》さんに勝る素質の持ち主なんてこの世界に三指といない。そりゃあ、ミーちゃんも喜んで尻尾振るだろうさ。刀《じぶん》のことを誰よりも上手く使ってくれる剣士《あるじさま》なんて、そんなもん最早《もはや》神様と同義なんだから。

「まぁ、お前並みに上手《うま》くいっている例は稀《まれ》だよ。精霊使いと精霊が揉《も》めるのなんて割とよくあることだし、俺も相棒にしょっちゅう股間を蹴られたりしている」

「えっ、何その面白そうな話！　詳しく――――」

「話を戻そう」

力強い咳払《せきばら》いをかましつつ、強引に話題を本題へ。

「さっきも言ったようにユピテルがケラウノスの本体と繋がること自体はそう難しいことじゃない。でもその先が続かないいんだ」

「続かないって、何が？」

息を一拍置き、努めて平静を装いながら残酷な推測を言い放つ。

「今のユピテルじゃ」

あぁ、本当に。この場にあいつがいなくて良かった。

「ケラウノスに勝てない」

恒星系の蒼色《あおいろ》の瞳が不機嫌そうに萎《しお》れる。

「凶さんがそう思ったワケを聞きたいな」

「簡単に説明すると戦いの場所というか、ルールが良くないんだ」

「るぅる？」

「うん、ルール。決まり事。精霊使いと契約精霊が相対する上で絶対にやっちゃいけないこと」

彼女が唇に手を当てて思索に耽《ふけ》った時間は一瞬だった。

「殺しちゃったらダメだよね。そんなことしたらお互いに困るだけだし」

導き出された結論は、紛《まが》うことなき正答《コレクト》。地頭が良《い》いというか、天才肌というか。遥《はるか》は物を知らないだけで、考える能力自体は頗《すこぶ》る高い。こういう風にちょっと考えさせる時間をとってやると打てば響くように面白い答えが返って来るから、俺を含めた周りは、ついついこういう風に試してみたくなってしまうのだ。天才だけに許された魔性の魅力である。

「そ。物理的に殺《ヤ》っちまったら、そもそもの契約が切れちまうからな。だから契約精霊《パートナー》との相対は、身体が傷つかない場所で戦《や》る決まりになってるんだよ」

何度でも言うが、調伏の本質とは、武力的な交渉である。精霊に力を示し、契約の緩和や行使できる権利の拡張を行う為の儀式。

故にどちらがおっ死《ち》んでもダメなのだ。まぁ、そもそも遥《はるか》のような一部の極端なケースを除いて

力の源である精霊に勝てるわけがないんだし、だから
「奴のことだから十中八九〝外〟でも暴れ出すだろうが、主戦場《メイン》はユピテルの精神《ココロ》の中だ。そこでアイツがケラウノスの本体に力を示さなければ、幾ら俺達が外界《そと》に顕れた雷親父《モンペ》をぶちのめしたところで何の解決にもならない」

数時間前の戦いが記憶の中で蘇《よみがえ》る。

暴れ狂う黒雷の獣。ユピテルを加害者にさせない為に、知恵と気力を振り絞って化物を退けた俺達。

あの局面だけで見るのならば、確かに俺達はケラウノスに勝った。

――たとえ顕現したケラウノスが、本来の規模とは比べ物にならないほど小粒で、あるいは【ユピテルのストレスが一定ラインに達する度に自動で暴れ出す無限残機《エターナル》な仕様】なのだとしても、大勝《かち》は大勝《かち》である。だけど……

「アイツは、結局のところ暴走する雷親父を止めることが出来なかった。保護という名目で獣野郎に取り込まれて、その後はパパの勝手に為すがまま」

「その言い方はあんまりだよ」

僅かばかりの怒気を孕《はら》んだその言葉には、ユピテルへの確かな親愛の情が含まれていた。しみじみと「こいつと組めて良かった」という気持ちが湧きあがってくる。しかしながら、それはそれとして俺は現状を正確に伝えなければならなかった。曲がりなりにもこのパーティーを引っ張っている身の上として、あるいはこれからも末長くあの小さな銀髪さんの良き隣人である為に、俺は

「事実は事実だ。一度起きちまったことをなかったことには出来ねぇんだよ。今のユピテルはケラウノスを恐れている。そして本音がどうあれ雷親父の支配下にある。そんな窮屈な状態で」

大きな花火が上がった。大きなハートを象《かたど》った桃色の型物《パターン》。

夜空に打ち上がったその一際大きな火の花を見た観客の多くは、そこに色恋的な意味を見出《みいだ》すのだろう。だけど今の俺達には、その記号が違う意味に見えた。ハート。つまりは、心。

「アイツが、精神《ココロ》の戦いでケラウノスに勝てると思うか」

「それは……」

言《い》い淀《よど》む。強く、そして賢い彼女が誤るはずがなかった。

「凶さんは、ユピちゃんが弱い子だって言いたいの？」

「弱いさ」

声を発した喉がいやに冷たい。目の前の相方に嫌われたくないという青い羞恥心が働いて、つい目を逸《そ》らしてしまいそうになる。

「弱いよ。弱いに決まってるだろ。頭のおかしな施設で無理やり雷親父《ケラウノス》を押しつけられて、周りと馴染《なじ》めずにずっとひとりぼっちだったアイツの心が弱ってないはずがないだろう？」

それでも俺は渾身《こんしん》の責任感《ゆうき》を振り絞って遥《はるか》の瞳を見つめたまま、滔々《とうとう》と仲間の弱さについて語るのだ。

「弱いっていうのは状態だ。何かの基準に満たない状態を――――たとえば、怪我《けが》や病気をしていつも出来ていたことが出来なくなっちまった状態を俺達は〝弱ってる〟っていう風に捉《とら》える」

「うん」

「だったらアイツは間違いなく弱いよ。弱らされてきたんだよ。骨が折れて血がドパドパと出ている人を見て、健康《つよい》ですね、それじゃあ退院して戦って下さいなんて言えるか？　たとえ本人が大丈夫です、問題ないんですって明るく振る舞っていたとしても、そんなのは痛みを感じていないか、我慢してるだけだろ」

「そうだね」

遥《はるか》は口を挟まなかった。冷静だった。俺なんかよりもずっと大人で、大人しく俺の話に耳を傾けてくれて。

「だから今、俺達が真っ先にやらなきゃなんないのは、アイツに、アイツの弱った心に、少しでも沢山の栄養《楽》と休息《しさ》を与えてやることだと思うんだ」

ケラウノスとの戦いが精神のせめぎ合いであると仮定するのならば、鍛えるべきステータスは、精神的な強度において他にない。

ユピテルの心には多くの空洞がある。暗い過去。空っぽの記憶。彼女が言うには、良い思い出など何一つ持ち合わせていないそうで、あぁ、だからこそ。

「俺達がアイツの拠《よ》り所《どころ》になるんだ。楽しい思い出をいっぱい作って、何も気にせずガキがガキらしく振る舞えるような、そんな〝実家のような場所〟になるんだよ」

ポン、と。そよ風のような滑らかさで動いた恒星系の左腕が俺の頭に乗っかり、そのままとても穏やかな手つきで撫《な》で、撫でと。

「凶さんは優しいねぇ」

言葉が詰まる。先程まであれほど賑々《にぎにぎ》しかった花火の音が、まるで聞こえない。

「……別に優しくないよ」

なんとか絞り出した台詞《せりふ》は、ありふれた否定。

「アイツには、ウチの砲撃手としてたんまりと働いてもらわなきゃだからな。その為には、ケラウノスを使いこなしてもらう必要があるわけで」

そうさ。俺は全くもって優しくない。本当に優しい奴っていうのは、主人公《アーサー》のように自分の利益よりも他人の安寧を優先できる奴を指すのであって、俺みたいに自分の都合で彼女に『砲撃手』としての役割を期待しているような偽善者は下の下の下だ。

『常闇』の最終階層守護者を倒して、その奥に眠る万能快癒薬《エリクサー》を得る為にオレはアイツの力を利用しようとしていて
「優しいよ」

それでも、遥《はるか》は譲らなかった。

「ほんとに攻略だけを一番に考えてるんだったら、ユピちゃんにごめんなさいして他の『砲撃手』を探した方がずっと楽だよね」

「それは……」

「そっちの方がお金も手間もかかんないよ？　それにあの子と別れたところで誰も君を責めたりしない」

「んなわけないだろ。少なくとも、そんなことしたら」

「――俺が俺を許さない、でしょ？」

頬に熱が灯《とも》る。完全に、言い当てられた。

「まぁ、ともかく」

柔らかい感触が、夜空に消える。彼女の腕がふわりと宙に舞い、そのまま小さな拳骨《げんこつ》となって、俺の手元付近へと降りてきた。

「そんな君だから、あたしは信じられるんだよ」

彼女の所作につられて思わず作ってしまった俺の拳《こぶし》に、コツリと温かなぬくもりが重なって
「やろう、凶一郎《きょういちろう》。あたし達でユピちゃんを目一杯幸せにして、あの悪い獣さんから解放してあげるんだ」

「……あぁ」

我ながらあまりにも単純に乗せられてしまった。

正直、この時点において足りない欠片《もの》は幾つもあった。

メインとなるユピテルの心持ちは元より、俺達自身の力量《レベル》も足りていない。

ゲーム内で暴れ狂った、つまりグランドルートの中ボスとして出てきた『ケラウノス』の力はあんなものではない。

速さ、大きさ、出力、何よりも奴には代名詞とも言える必殺技《フィニッシュブロー》が存在する。

調伏の儀において俺達が外界で相手取らなければならないのは、そういうケラウノスなのだ。

だからユピテルと同様に俺達もまた、強くならなければならない。

装備、スキル、作戦。ゲーム知識だけではどうにもならない部分を、限界まで鍛えて研ぎ澄まさなければ、俺達は怒り狂った黒雷の獣に焼き尽くされてしまうから。

ならばこそ
「忙しくなるぜ、これから。もしかしなくてもこれまでで一番ハードな作戦《ミッション》になる」

「それってつまり今までで一番ワクワクする毎日がやってくるってことでしょ。たまんないねっ！」

全てを理解したその上で、こんな風に満面の笑みを浮かべられるこいつは、ひょっとしなくても大物なのだろう。

「頼りにしてるぜ、相棒」

「任せておいてよ、相方さん」

かくして、ユピテルを幸せにする同盟をカップルご用達の「展望台エリア」で固く結びあった俺達は、夜通し今後の展開について話し合った。

「ひとまず、ユピテルは清水家《ウチ》で預かるよ」

「いきなり連れて行って大丈夫？　親御さんとかビックリしちゃわない？」

「大丈夫大丈夫。ウチ親いないから、姉さんと変な居候の三人暮らしだから部屋はたっぷり余ってるんだ」

「……ごめん。あたし今、すっごく無神経なこと言った」

「え、あ、いや、こっちこそゴメン。というか気にしないでくれ。言ってなかった俺が悪かった」

途中、少し気まずい雰囲気になりかけたこともあったが、それでも全体的にはいつも通り楽しい会話が出来て

「なぁ、遥《はるか》」

「ん？」

「俺さ、お前と組めて良かったよ」

「それはそれは。これまたすっごく嬉《うれ》しいことを言ってくれるじゃないか」

――白状しよう。別に愛だとか恋だとかそういう類の感情ではきっと絶対ないんだろうけど、俺はこいつとおしゃべりする時間が好きなのだ。

たまらなく、好きなのだ。

■ユピテルのしあわせ日記1

起きた時、辺りを見渡してみるとなんか紫色のぷるぷるしたのがいっぱいいた。

ヤルダシリーズ。ダンジョンの中で冒険者の世話を焼く不思議な生命体。

ベッドの周りに集まった全長四十センチくらいのマスコット星人達がわーきゃーと騒いでいて、何だかとってもノイジーな目覚め。

彼らがとっても楽しそうにはしゃぐものだから、ワタシは思わず「何がそんなに楽しいの」ってたずねてみたの。そしたらぷるぷる達はしきりに「ユピテルさんが目を覚ましてくれて嬉しいんですっ」って言ってくれたんだ。

「そう」

返事がそっけなくなってしまったのは、何も感じなかったからじゃない。むしろ逆で、色々な感情があまりにもグチャグチャとしていたから、上手な言葉が見つからなかったの。

多分、この変なの達はキョウイチロウが寄こしたものだ。

目が覚めた時、ワタシが寂しくないようにって、ひとりで思いつめないようにって考えてくれたんだと思う。

キョウイチロウは優しい。ハルカも優しい。みんなみんな、すっごく優しい。まだ入って間もないワタシのことをものすごく大事にしてくれて、まるで、そう。本当の家族のように――――。

〃■■みたい？　失敬な、私はそんなにおばさんではありません。年齢差を考慮するのであれば、■という表現が的確です。良いですか、お■さんですよ、お■さん〃

こんな経験は初めてだ。ワタシがこれまでの人生の中で一度も味わったことのないぽかぽかした感情が胸の奥にじんわりと広がっていくの。

キョウイチロウはワタシがケラウノスを制御できないと知っていて、それでも見捨てないでくれた。

あんなことまで起こったというのに、一緒に戦おうって勇気づけてくれた。

ありがとう、本当に、ありがとう。ワタシなんかの為にこんなに良くしてくれて。

「(二人に会いたいな)」

ゆっくりと起き上がり、ぷるぷる星人達を踏みつけてしまわないように注意しながら、部屋の入口へと辿《たど》り着《つ》く。

ドアノブを回す手が少しだけ汗ばんでいた。扉の先で会えた二人の気持ちが昨日と変わっていたらどうしよう。やっぱりお前はいらない子だって言われたら、ワタシ……

「(そんなこと、きっとない)」

胸がすくむ。不安がつのる。だけど、それでもえいやとドアノブを回せたのは、二人と、ついでにここに集まってくれた沢山のぷるぷる達が勇気をくれたから。

電気のついた廊下を渡ってリビングへ。奥の窓から朝の光が差し込んで、キッチンからはじゅうじゅうとベーコンの焼ける音。お鼻をくすぐるバターの香り。そして何よりも嬉しいのは、二人が楽しそうに喋《しゃべ》っていることだ。

もう嫌な気分はなかった。

ワタシは大丈夫だよと自分に言い聞かせながら、二人に向かって言葉をかける。

「おはよう」

二人の声が重なって、おはようを返してくれた。

■第二話　家族

◆清水《しみず》家・居間

翌日、ユピテルを連れて我が家に帰ってきた俺達を待っていたのは、いつになく目を吊《つ》り上《あ》げた大天使もとい姉さんによる、尋問だった。

「キョウ君、もう一度説明して下さい」

清水《しみず》家において、姉さんの言葉は何よりも優先される。

姉さんがアクアパッツァを食べたいと言ったら、夕食はアクアパッツァだし、姉さんがたけのこ派を名乗ったら、その日からおやつ棚のきのこは撲滅される。

幸い姉さんは、きのこもたけのこも愛しているので斯様《かよう》な悲劇は起こり得ないのだが……まぁ、そんなことはどうでもいい。

今、姉さんが求めているのは、俺からの説明だ。

姉さん、あぁ、姉さん。どうして姉さんはそんなに天使なんだ。

叶うことならば、二十四時間そのご尊顔を眺めていたい……。

「凶さん、しっかりして」

隣に座る恒星系がぱちんと優しく膝を叩《たた》いてくれたことで正気を取り戻した俺は、ごほんと小さな咳払いを交えてから、先程言い終えた説明を再度繰り返した。

「つまり、その……さ。新しく俺達のパーティーに加入してくれたこのちっこいのを、ウチに住まわせたいなって考えているんだけど……どう、かな？」

「…………」

左隣に座るユピテルが、小さくぺこりとお辞儀する。

緊張しているのだろうか。ウチに来てからこの方、ツインテールさんは、ずっと無言である。

しゃーない。ここは俺がひとはだ脱ごう。

「さっき話した通り、こいつ色々あってさ。今、住むところがないんだよ」

嘘《うそ》ではない。

シラードさんの計らいで、未《いま》だ〝燃える冰剣《Rosso&Blu》〟のクランハウスに在籍したままとなっているのだが、残念ながらユピテルは、既にそこから自主的に退去してしまったらしい。

理由を聞いたら「もう、ここのメンバーじゃないから」とのこと。

……まぁ、確かに居づらいよなぁ。

「一応、ダンジョン内の借り家を利用してもらう形で、住まいは確保してあるんだけど、地上にコイツの居場所がないんだよ。だから、出来ればウチで預かれないかなって思ったんだけど……」

「成る程、事情は分かりました。それで、キョウ君？　貴方《あなた》はこのユピテルちゃんを引き取ってどうするつもりですか？」

「どうするって……」

居心地良く住んで欲しいだけなのだが……。

「なるべく、姉さんに迷惑をかけないようにする。賃貸料諸々《もろもろ》は、俺の稼ぎから捻出《ねんしゅつ》するし……」

「お金の問題ではありません。この子をどのような立場で住まわせるのかと聞いているんです」

「その……居候かな」

立場的にはアルと一緒だ。

だから金銭面の問題さえクリア出来れば割と通しやすいと踏んでいたんだが――――どうも雲行きが怪しい。

考えてみれば、邪神は清水《しみず》の血筋に無条件で愛されるっていうインチキ能力を持ってたから簡単に潜り込めたんだよな。

幾ら姉さんが海よりも深い慈悲の心を持っているとはいっても、出会ったばかりの異国の子供を、いきなり居候にしたいなんて迫られたらそりゃあ、困惑もするか。

「あー、ゴメン姉さん。ちょっと、急過ぎたよね。居候の件はもう少し時間を置いてから話そうか」

「いいえ、居候なんて絶対にさせません」

流麗な所作で、スッと立ち上がる姉さん。

断言されてしまった。

えっ？　マジで？　難航するとは思っていたけど、取りつく島もない感じなのか？

どうしよう。完全に予想外の展開だ。

「あの……姉さん！」

「この子は」

姉さんのワガママボディが机の脇を横切る。

「この子は」

そのまま左端に座るユピテルの前まで近寄ったかと思うと、急に腰をかがめ
「この子は————！」

そして姉さんのたわわに実った二つの果実が銀髪ツインテール娘の顔面を覆い尽くした。

「この子は、ウチの子にします!!」

「へ？」

飛び出した爆弾発言に、俺はおろか恒星系すら言葉を失った。

えっと……どゆこと？

「どうもこうもありません！　お姉ちゃんは、この子が望むのであれば、清水《しみず》家の子として迎え入れる用意《かくご》があると言っているのです！」

力強い、誠心からの提言。

姉さんの発した一言に、居間にいる全員が圧倒された。

『流石は文香《ふみか》。肝が据わってますね』

《思念共有》を通じて流れ込んでくるアルの美声。

本体は、俺の真正面でキュウリの浅漬けをぱりぽりと齧《かじ》っている為、斯様な手段を取ったのだろ

う。

横着な奴だ。

遥《はるか》を見てみろ、ちゃんと姉さんの至言に目を丸めながら浅漬けを齧ってるだろ？　これがちゃんとした大和撫子《やまとなでしこ》――――じゃねぇよ!?　お前ら今すぐ物を食うのを止めやがれ！

てか、さっきからずっと気になってたんだが、どうしてちゃぶ台の上に山盛りの浅漬けが置かれてるワケ？　ねぇ、色々とおかしくない？　ウチの連中は常時なにか食べてないと死んじゃう生物なの？

「キョウ君、ちゃんと話を聞いていますか？」

「あっ、うん。ごめん姉さん。聞いてるよ」

俺は食欲魔人どもにフォーカスを当てるのをやめ、姉さんだけを見つめることにした。

あぁ、麗しい。なにもかもが天使。

「それで、姉さん。ウチの子にするって具体的にどういう意味？」

「そのままの意味です。彩夏叔母《あやかおば》様に手を貸して頂いて、ユピテルちゃんを法的に清水《しみず》家の一員に加えるんです」

「!?」

それは、俺が期待していた決着をはるかに上回る名案であった。

居候というただの同居人ではなく、れっきとした家族になれば確かに諸々の状況が好転する。

何よりもデカイのは、ユピテルを法的に庇《かば》える後ろ盾が出来ることだ。

ただのユピテルでは許されないような事案でも、清水《しみず》ユピテルであれば許される――――この国で異国民が漢字名を名乗れるということは、それくらいの価値があるんだよ。

厳しい審査や、やらかした時の保護者責任といった懸念も少なからずあるが、試してみる価値はある。

それに何より――――。

「ウチにはアルという前例がいる」

「その通りです」

そう。

今、この居間でキュウリを齧っている邪神の三次元ネームは清水《しみず》アルビオン。

法的には彩夏叔母さんの養子である。

記憶喪失の異国民という設定で、元の国籍すら危ういヒミングレーヴァ・アルビオンさんを清水《しみず》家の子供として国に認めさせるなんて無理筋を、俺達は既にやってのけているんだよ。

つまり、叔母さんの力さえ借りることが出来れば高い確率でユピテルを我が家の一員に迎えられる。

「(これはもう、最適解といってもいいんじゃなかろうか)」

心に灯る広大なワクワク感を噛《か》みしめながら、それでも俺が敢《あ》えて気になった点を挙げてみる。

この妙案をより盤石なものにする為にもっとも気に留《と》めておくべき点はやはり

「でもあの人がそう簡単に、力を貸してくれるかな?」

「確率《くれるかどうか》の問題ではありません。貸して頂けるまで、交渉を行い、頭を下げるのが私達のお仕事です」

返って来たのは、そんな輝かしい言葉だった。

あぁ、やっぱりウチの姉さんは世界一頼りになる姉さんだ。

姉さんの慈悲深き双丘に挟まれた銀髪ツインテールが、信じられないものを見たかのように目を見開きながら問いかける。

「……いいの？」

「親のいない苦しみは、痛いほど分かりますから」

その時きっと、ユピテルは理解したのだろう。

この人は薄っぺらいリベラル思想や庇護欲《ひごよく》からではなく、真心から自分を助けようとしてくれているのだと。

「もしも、そんな夢みたいなことが叶うのならば」

だから続く言葉は

「ワタシをここの子にして欲しい」

とても素直なものだった。

◆

話の決着がついた後、姉さんはすぐに彩夏叔母さんに連絡を入れた。

意外にも叔母さんは、あっさりと乗ってくれた。

『今話題の超新星パーティーに貸しを作れるチャンスだからな。前向きに検討しておくよ』

なんて言えば良いんだろう、清水《しみず》家の女性ってみんな女傑だよね。

姉さんしかり、叔母さんしかり、在り方が滅茶苦茶《めちゃくちゃ》カッコいいんだよ。

まぁ、あの人《叔母》に借りを作ると後々怖そうではあるのだが、その辺りの事柄は、きっと未来の俺が悩んでくれるだろう。

今やるべきことは他にある。

例えば、地上で雷親父《モンペ》が暴れ出さないように首輪をつけておくとかな。

◆清水《しみず》家・凶一郎《きょういちろう》の自室

「今日から貴女《あなた》の姉になった清水《しみず》アルビオンです。気軽にアル姉とでも呼んで下さいまし」

世界一清水《しみず》姓の似合わない女が、イカの燻製《くんせい》片手に自己紹介。

イカ。イカかぁ。

しかもそれ、滅茶苦茶濃厚な臭いのするやつじゃん。

部屋をイカの臭いで満たさないで欲しいんだけど、この女に何を言ったところで無駄なので、俺は大人しく窓を開けることにした。

「待って下さい」

しかしここでまさかのストップが入る。

下手人は、イカの燻製片手に表情筋を死滅させた美貌を煌めかせながら言った。

「マスター、状況を考えて下さい。これから秘密の会合を行おうという時に、窓を開くなど言語道断です」

「じゃあ、そのイカくせぇ食いもんを台所に置いてこいや」

「ふぃやです」

あむあむと、イカの燻製を噛みしだきながら、我が物顔で腰を下ろす邪神。

俺はこめかみの青筋を死に物狂いで押さえながら、もう一人の来訪者へと向き直る。

「ははは、ユピテル。中々おちゃめな子だろ。だけどコイツの中身は、暴飲暴食暴言暴力とあらゆる暴虐を貪り尽くした歩く反面教師だから、絶対にまねするんじゃないぞー」

「失礼な。お酒は嗜《たしな》んでおりません」

抗議と共にスネ蹴りが飛んできたが、大して痛くないので無視する。

ひょろがりの頃は、これ一発で泣いてたっけ。

そう思うと俺も随分成長したよなぁ。

「キョウイチロウ、……痛くないの？」

「いつものトレーニングに比べれば、こんなの猫がすり寄っているようなものさ。そうだユピテル、今度、俺と一緒に筋トレしないか？」

「……丁重にお断りする」

そいつは残念だ。筋トレはメンタルトレーニングにも適しているというのに。

「まぁ、いいや。ユピテルマッチョ化計画はおいおい進めていくとして、今はやるべきことをやろう。アル、頼めるか？」

「任せて下さいまし」

懐から二袋目のイカの燻製を取り出しながら、立ち上がる邪神。

そのままアルは部屋の隅に座るユピテルの元へと赴《おもむ》き
「少し眩《まぶ》しいかもしれません。目を瞑《つむ》っていて下さい」

銀髪の少女の額にイカ臭くない方の手を当てた。

ぺかーっと光り輝く俺の部屋。

イカの燻製の臭いさえなければ、相当ファンタジックなイベントだったのではないだろうか。

つーか、白く発光するイカ臭い物体ってそれはもう完全にイカだよね？

俺の部屋で軟体動物門頭足綱十腕形上目ごっこするのやめてくんないかな？

そんな、しょーもないことを考えている内に白光は消え去り、イカの燻製をもちゃる邪神と、口を半開きにしたユピテルの姿が網膜に映った。

「どういう……こと？　なんで……嘘……？」

「お答え致しましょう。貴女に取りつく父親気取りの痛い系大型勘違い四足生物は、私の力で封印させて頂きました」

戸惑うユピテルに、涼しい顔でトンデモ話を吹き込む裏ボス様。

うん、分かるよユピテル。

普通はナニイッテンダコイツってなるよね。

だけど……。

「アルの話は全部本当だ。お前の中にいる雷親父《モンペ》は、今完全な封印状態にある」

「どういう、こと？」

「手段と目的、一体どっちの話だ？」

「その、両方」

映画の台詞みたいな言い回しに満足した俺は、ユピテルの知りたがっているであろう情報を、出来る限り簡潔な言葉で伝えた。

「アルには、とても不思議な力があってな。なんとビックリ、触れただけで病気を治したり、精霊を封印することが出来るんだよ」

「私にもこの力の正体は分からないのですが、きっと神様が下さった祝福の力なのでしょう」

「邪神様の間違いだろう。イカ女」

「ぶち殺しますよ？」

「やってみろや」

ヒュッと俺の股間目がけてストレートパンチが飛んできたが、どうせ来るだろうと察知していたので余裕の足ガード。

「随分と小賢《こざか》しくなったじゃないですか、マスター」

「日がな一日食っちゃ寝しているお前と違って、こっちはダンジョンで死ぬほどハードな冒険してるんだよ。ハッ、この分だとお前を追い越す日も近いかもなぁ」

「冗談は顔だけにして下さいな」

「はい差別ー、ルッキズムとか人間として最低だと思いまーす」

やいのやいのと騒いでいると、ユピテルが無言の圧をかけてきた。

「……なんか、うさん臭い」

そりゃあ、ほとんどでっち上げだからな……などと本音を語るわけにもいかないので、それっぽいことを言ってごまかす。

「お前の気持ちは理解できるよユピテル。だけどな、『ケラウノス』が大人しくなっているのは事実だろ？」

「それは……そうだけど」

「まぁ、世間一般でいうところの〈異能者〉ってやつさ。精霊と契約していないのに、不思議な力を持っている珍しい奴ら――――ユピテルも聞いたことぐらいはあるだろ？」

「ある」

どうやら少しだけ、納得してくれたらしい。

いいね、〈異能者〉。まじマジックワード。

「で、何故《なぜ》封印したのかだが、これは大体想像がつくんじゃないか？」

「『ケラウノス』を暴れさせない為」

「その通り。まぁ、安心してくれよ。封印はいつでも解くことが出来るからさ」

「…………」

しばらく頰に手を当てながら、何かを考え込むユピテル。

不安というか、戸惑っているのだろう。

ユピテルにとって『ケラウノス』は、良くも悪くも絶対的な存在だった。

そんな奴がイカの燻製咥《くわ》えた女が軽く触っただけで大人しくなってしまったんだ。

喜びと不安。

相反する感情達が複雑に絡まったマーブル模様。

小さいながらにうんうんと頭を悩ませる銀髪の少女。

そして深い葛藤の末、ようやくユピテルが口を開く。

「分かった。キョウイチロウ達を信じる」

返って来たのはとてもシンプルな一言。

だが、同時にとても重みのある言葉である。

俺達を、信じる。

責任重大だな、これは。

「あぁ、信じてくれ。俺達はなにがあってもお前の味方だ」

だから俺も覚悟を決めて誓ったんだ。

こいつが悪役にならなくても済むような、そんなｉｆ《もしも》を必ず摑《つか》んでみせるのだと。

■ユピテルのしあわせ日記2

◆◆◆清水《しみず》家・ユピテル

清水《しみず》家で面倒をみてもらうことになったその日から、ワタシの生活環境は一変した。

まず悪い夢を見ても何も壊れなくなった。

『ケラウノス』は本当に眠っている。ワタシが不意に昔のことを思い出しても、何もしない。何も出ない。黒雷が発生する気配がちっともないの。

今のワタシは『ケラウノス』に会う前の非力なワタシ。無力なワタシ。無価値なワタシ。

だけど、そんなワタシに対して、清水《しみず》家の人達は優しかった。

あの〝しせつ〟にいたせんせい達のように研究動物《モルモット》扱いするわけでもなく

前のクランのみんなみたく、腫れものに触るように気を遣っているわけでもなくって

〝――――ユピテル。これが本日お薦めの■■■■です。これならば、無用なストレスを感じずに■■■ことが出来るでしょう。この私■■■■が太鼓判を押します。さぁ、一緒に――――〟

ただ、優しかった。

「おはようございます、ユピテルちゃん。昨日はぐっすり眠れましたか？」

フミカは、ご飯を作ってくれる。

美味しくってあったかいご飯。

いつも、みんなで一緒に食べるの。いただきますって言うの。

前いたところでは、ワタシと一緒にご飯を食べてくれる人なんていなかった。お世話係の名前もロクに知らない誰かと、たまにジェームズが来てくれただけ。

〝――また、あなたは■■■■■ばかり食べて。目を離すとすぐに■■■■■んだから、もう――〟

だけど基本的にはひとりぼっちだった。誰も話してくれない。ずっとつまらなくて、空っぽで

そしてその前は、……それどころじゃなかった。

一人でいる方がまだマシだったぐらい色々と、ひどかった。

だからみんなで食卓を囲んでテレビを見ながら食べるご飯は、すっごく新鮮で美味しかったの。

誰もワタシを虐《いじ》めない。

誰もワタシを恐れない。

ワタシは誰も傷つけなくていい。

みんなここにいて良いんだよと言ってくれた。

『ケラウノス』が眠っているだけで、こんなに何もかもが変わるなんて。

……よく分からないけれど、ワタシは多分、ずっと望んでいたことをさせてもらっている気がする。

それもこれも全てキョウイチロウ達のお陰だ。

特にアル姉。

彼女のお陰で、ワタシは『ケラウノス』から離れることが出来たんだ。

一時的な〝しょち〟というやつではあるのだけれど。

「今日から貴女の姉になった清水《しみず》アルビオンです。気軽にアル姉とでも呼んで下さいまし」

アル姉は、とってもふしぎな人だ。

すごくふしぎな力を持っていて、すごく綺麗なのに、いつもぐうたらしている。

働きもしない。お勉強もしない。ただご飯を食べて、眠るだけ。

なのに特に悪びれることもなく、とっても堂々としている。

「妹よ。テレビゲームとやらをやりましょう。マスター曰く、これは狩りをする遊戯なのだそうです」

会って早々、アル姉はワタシのことを〝妹〟と呼ぶようになった。

〝こせきじょー〟そうなるらしいので、全然ふしぎなことではない。でも違和感がすごい。いきなり妹と呼ばれてびっくり。だけど、彼女があまりにも堂々と、そして当たり前のようにそう呼ぶものだから、ふしぎとね、何日もしない内にソレを受け入れられるようになってたの。

……ソレは単なる呼び方の違いで、そういう風に呼んだからといって、彼女とワタシの〝ちすじ〟が同じになるわけじゃない。

「はて？　どうしてこの私が操作してあげているというのに、彼女はモンスターに食べられているのでしょうか。極めて不可解かつ不愉快です」

「それはね、アル姉が全然敵の攻撃を避けなかったからだよ」

「？　このキャラクターは私の分身《アバター》なのでしょう？　ならば、私の分身らしく常在無敵でありなさい。四足の獣如《ごと》きに後れを取るなど、非現実的《ファンタジー》にも程があります」

「何その常在無敵《チート》、こわい」

だけどワタシにとって、ソレはただの言葉じゃなかった。

そういう風に呼ばれることで心が少しだけぽかぽかした。

だからワタシもお返しに彼女のことをアル姉って呼んだ。

アル姉が言ったように気軽にアル姉って呼んだ。

アル姉は、とってもふしぎな人だ。

ふしぎだけど、わるい人じゃない。

よくご飯を食べて、よくぐうたらしている。

たまにキョウイチロウを蹴ったりもしている。

それと、これは多分キョウイチロウも知らないワタシとアル姉だけの秘密。

アル姉は、アル姉はね
「妹よ。テレビゲームはもうおしまいにして、これからお池に出かけましょう」

「お池にいってどうするの？」

「カエルを釣るのです。リアルハンティングと言えなくもありません」

「カエル？」

「妹よ。時代は恐竜《モンスター》もどきではなくカエルです。なにせゲーム機の中の怪物と違い、カエルは美味しく頂けますから」

アル姉は、テレビゲームがとってもへたっぴだ。

■第三話　準備

◆

姉さんの大胆な名案によって、ユピテルが清水家《しみず》の一員として迎え入れられてから、早くも一週間の時が流れた。

慣れない新生活や『ケラウノス』の封印措置のせいで、最初はその行動の端々に憂慮《ゆうりょ》の影が見え隠れしていたが、時が経つに連れて次第に彼女の態度も軟化していき、今では居間でアルと仲良くゲームをしている姿をよく見かける。

これは主に姉さんの活躍によるところが大きい。

姉さんは、誰かを集団に溶け込ませる天才だ。のけ者を作らないというか、彼女が場にいると自然にグループがまとまるのだ。

思い返せば一年前、アルが家に来た時もそうだった。俺は見ての通りの気にしいだし、邪神は邪神なので正直、修行以外での相性はそんなに良くなかったんだよ。

だけどそんな俺達の仲を姉さんが上手いこと取り持ってくれたんだ。

無理のない範囲で話す習慣をつけてくれたり、豆まきとか流しそうめん大会みたいな季節ごとの色んな面白企画《イベント》を考えてくれたりしてさ、そのお陰もあって今や奴と俺の関係性はまるで竹馬の友のように仲良く――はないけれど、少なくとも修行とか戦い関係の話題《トピック》を介さなくても、話せるくらいには落ち着いている。

単純なコミュ力強者のもう一段階上とでも言えば良いんだろうか。姉さんは自分だけじゃなくて、周りも話せるような空気を作るのが抜群に上手いんだ。

そしてそんな姉さんと、ユピテルの相性がさ、ほんと笑っちまうくらいに良かったんだよ。姉さんの構いたがりな性格と、ユピテルの寂しがり屋な性格が見事にマッチして、すぐに二人は打ち解け合うことが出来たのだ。

半日も経つ頃には、ユピテルが進んで姉さんを誘うようになり、二日目には一緒にお風呂まで入っていたと言えば、その相性の良さが伝わるだろうか。

弟として、あるいは一人の文香《ふみか》推しとしては思わず「うぎぎ」と歯ぎしりしたくなるほどに、二人の関係は良好だ。

加えて驚くべきことに、ユピテルはアルにも懐いていた。

しかも信じられないことに、邪神から歩み寄った結果、そうなったのである。

相変わらず彼女の表情筋はピクリとも動かず（まぁ、これに関してはユピテルも大概なのだが）、傍目《はため》には、無表情と無表情が淡々と（言葉を選ばずに表現するとつまらなそうに）会話しているようにしか見えないのだが、両者曰く「何だかフィーリングが合う」らしい。

「まぁ、戸籍上だけの関係性とはいえ、私は彼女の義姉《あね》ですからね。長女として妹の面倒をみるのは当然です」

　そう語る邪神の瞳には珍しくほんのりとしたやる気がこもっていた。――――もしかしたら、姉妹という括《くく》りに彼女なりの拘泥《こうでい》があるのかもしれない。そう思ってアルに「お前、妹とかいたの？」と尋ねてみたら「セクハラです」とにべもなく返された。相変わらず俺に対しては氷河のように冷たい邪神様である。

　まぁ兎《と》に角《かく》、銀髪の少女を取り巻く清水《しみず》家の環境は、およそ理想的と言っても過言じゃないほどに出来上がっていた。

　あの雷親父の影に怯《おび》えなくて済むという安心感もあるんだろうが、ユピテルは本当にのびのびと暮らしている。

　いい兆候だ。

　ひとりぼっちだった少女の居場所になってくれた姉さんには、本当に頭が上がらない。

　こんな日々がずっと続きますように――――そう思えばこそ、やらなければならないことが俺にはあった。

　差し当たって解決しなければならない問題は、やはり『ケラウノス』だろう。

　悪《あ》しき外道研究者集団《マッドサイエンティストグループ》によって〝父性〟の感情だけをインストールされた黒雷の改造神威。

　奴の暴走を止めなければ、ユピテルに本当の意味での安息は訪れない。

　敵は明白。やるべきことは調伏。目指すゴールは見えていて、けれども、今の俺達にはそいつを実現するだけの手札《ちから》が圧倒的に足りない。

力だ。力が必要だった。フィジカル、タクティクス、テクニック、そしてアストラルスキル。装備やら人脈やらまで含めれば、より広大で多岐にわたる力が今回の作戦には求められる。

そして力を得る為に俺がやるべきことは、いつも通りただ一つ。

地道で、クソつまらなくて、身体と精神に尋常ならざる苦痛がつきまとう新手の拷問まがいと言っても過言ではない自己尊厳の大安売り《バーゲンセール》。

つまりはそう、修行である。

◆古寂《さ》びた神社・境内

「いやぁあああああああああああああああああああああああああああああっ！」

午前九時。

古寂びた神社の境内に、汚らしい断末魔の叫びが鳴り響く。

【四次元防御】の反動と、股間を襲う至上の痛みによって咽《むせ》び泣《な》く俺の姿を、いつものあいつがトルティーヤチップスの入った袋を片手に見下ろしていた。

「ふむ。その様子であれば、まだいけそうですね」

「いけるかバカッ！」

男のシンボルは鍛えられないんだぞ、クソが！

ちくしょう、ただでさえ、諸々のスペックが落ちてるっていうのに！

「嘆いていても仕方がありません。我が妹に時間停止の術式を施《ほどこ》している都合上、マスターに回せる出力パフォーマンスが落ちているのです。甘んじて受け入れなさい」

「それは、分かって、るんだ、けどよぉ」

俺はぜぇぜぇと息を荒らげながら、立ち上がる。

そう。

時間停止の術式を応用した封印には、こういった弊害があるのだ。

【始原の終末《エンドオブゼロ》】のように撃って終わりの単発型と違い、時間停止の術はその維持の為に継続してコストを支払い続けなければならない。

早い話が蛇口を一つ追加したってわけだ。

現界状態を維持する為の霊力と俺に回す分の霊力、そして姉さんの呪いを停止させる為の霊力に加えて新たに『ケラウノス』を封印する為の霊力――――さしもの時の女神といえども、これだけのコストを常時支払い続けていれば、多少のガタはくる。

契約者のスペックや、レベル次第でこの辺りの容量も上がるらしいのだが、どちらにしても今すぐにどうにか出来る問題ではない。

よって、一番支障の少ない俺への供給量を減らすことで、霊力の出費を抑えているというのが現状である。

大体、封印前に比べると、供給量が三分の二程度まで落ちている。

ハッキリいって大幅な戦力低下だ。

ただでさえ微妙な凶一郎《きょういちろう》のスペックが、最早言い逃れ出来ないほどに雑魚化しちまっている。

特に常時霊力を消費する【四次元防御】の発動可能時間の弱体化《ナーフ》は死活問題と言っても良かった。

だというのに……。

「こんな状態で最長記録の更新を目指すのは、ちょっとハードモード過ぎやしねぇか!?」

無論、反語である。

諸々のスペックが三分の二まで落ちているというのにも関わらず、目指せ最長記録更新というのは言うまでもなくブラック修行。無茶ぶりここに極まれりである。

「前にも説明したはずです。供給量が落ちている今だからこそ、このトレーニングが活《い》きるのです」

しかし、ウチの鬼教官は譲らなかった。

邪神の言い分はこうである。

精霊使いの格付けにおいて熟練者と未熟者を分ける「決定的な差」は、霊力の扱い方にあるのだと。

霊力。契約した精霊を通して供給される「あちら側のエネルギー」の総称。

全ての精霊術《アストラルスキル》の根幹には、この霊力の存在があり、扱う術式《スキル》の規模が大きくなればなるほどその燃料たる霊力の消費も増えていく――――精霊使いならば誰もが知っている常識さ。そしてその常識の先に、俺達が求める「次のステップ」がある。

「最小の熱量《エネルギー》で最大の結果を。加工、練成、回転、出力――――術式を編みだす為に必要とされるこれらのメソッドを効率的に運用できれば、霊力の消費は大幅に抑えられます」

優れた術師であればあるほど、無駄のない出力で術を構築し、逆に未熟者は出力方法に無駄があるから余計な霊力を消費するのだと、アルは言った。

技術の向上に伴《ともな》う省エネルギーの実現。

理屈としてはゲーム時代のダンマギに出てきた『熟練度システム』に近い概念である。

熟練度システム。

対象となる武器やスキルを使い込むことによって、その性能を向上させる学習型の成長要素である。

デジタルゲームでは結構定番のシステムだから、プレイしていた時は自然に馴染めたんだが……現実世界に落とし込むと、こうも泥臭い仕様になるとはな。

ゲームみたいに雑魚敵倒すだけで熟練度が上がれば楽だったのだが……アル曰く、そんな「都合の良い話があるわけないでしょう」とのことだ。世知辛い。

「いや俺も、このトレーニング方法を全否定するつもりはないさ。少ない霊力で術の構築をやりくりしていく内に、効率的な術の構築ってやつが少しは身についてきたし、供給量が落ちている今だからこそ有効なトレーニング方法であることも認めるよ。……だがな」

俺は自分の股間を両手で押さえて言った。

「毎度毎度目標タイムを下回る度に男のシンボルを蹴り上げるのは、やっぱりおかしいと思うんだよね!?」

「目標達成の有無に関わらずマスターの愚子息を撃滅していたこれまでの修行と比べれば、相当譲歩しているでしょう」

「そもそも睾丸《こうがん》を蹴るなっつってんだよ!?」

結局のところは、そこなのだ。

トレーニング自体が嫌なんじゃない。

睾丸を蹴られるのが嫌なんだ。

今となっては、俺の唯一といってもいいウイークポイントを、文字通り足蹴《あしげ》にしやがって。

チクショウ、まだ痛い。ズキンズキンするよぉ。

「またそのような弱音をほざかれるのですか、マスター。次の戦の趨勢《すうせい》は、いかに【四次元防御】を維持することが出来るのかに懸かっているのですよ」

「ぐぅ……」

落ち着け凶一郎《きょういちろう》。

裏ボスの意見は正論を説いているようにみせかけた論点のすり替えだ。

【四次元防御】の維持可能時間を伸ばすことと、男のシンボルを蹴られることの間に因果関係はない。

ないったらないのである。

「現実から目を逸らさないで下さいまし。これまでの記録から、マスターが愚子息を蹴られる恐怖から逃れる為に限界以上の力を引き出すという検証結果が出ています」

「それがどうした。たまたまかもしれんだろ」

「まぁ、たまたまと言えばたまたまですね。マスターは睾丸《たまたま》を蹴られるとやる気を出す人種なのだと、私は膨大な実験データから学びました」

「人を変態みたいに言うんじゃねぇ！」

などと文句を垂れながらも、俺の身体は修行の準備に入っていた。

「おやおや、身体は正直というやつですか。お利口ですね、マスター」

「利口なら、こんな地獄からさっさと逃げ出してるよ」

あー、嫌だ嫌だ。

死ぬほど痛いって分かってるのに、それでも身体が勝手に動いちまう。

認めたくはないが、股間の心配よりも、仲間の安否を優先する俺がどこかにいるらしい。

そいつが嫌がる俺の身体を無理やり動かし、進んで死地へと駆け上がっていくんだ。

なんという英雄的思考、我が事ながら花丸とげんこつをあげたくなっちゃうね。

「頑張りますんで、出来れば股間を蹴らないで下さい」

「情けなく懇願しながらも、前に進もうとするその意気やよし。では、早速参りましょうか！」

外見だけは完璧な純白の美少女が、陽光漏れる朝の境内を疾走する。

あんな助走をつけた状態でキックを受けたら、間違いなく俺の股間は憤死する。

「くっそがぁぁあああああああああああああああああああっ！」

だから俺は、男の尊厳を守る為に【四次元防御】を展開したんだ。

あぁ、無情。

清水《しみず》凶一郎《きょういちろう》に、安息の日々はない。

■ユピテルのしあわせ日記3

キョウイチロウとアル姉は、たまに二人きりで出かける。キョウイチロウが言うには、二人は師弟関係にあるらしくて、折をみては鍛えてもらっているのだそうだ。

アル姉は、彼のことをマスターと呼ぶ。

キョウイチロウが弟子で、アル姉が師匠なはずなのに呼び方は「アル」と「マスター」。

正直、とってもヘンテコさん。だけど当の二人はそれで納得しているようだから、きっとそれでいいのだろう。

キョウイチロウ達が出かけている時は、基本的にフミカがワタシの傍《そば》にいてくれる。後はハルカ。

彼女も二日に一回くらいのペースで清水《しみず》家に来てくれて、夕方ぐらいまで遊んでくれるの。

だけどやっぱり、キョウイチロウ達がいない時はフミカと二人っきりが多い。フミカ達が学校に行っている間はアル姉が遊んでくれて、アル姉がキョウイチロウに稽古をつけている時はフミカかハルカ。

みんながワタシをひとりぼっちにさせないようにいっしょうけんめい考えてくれている。それがすごく嬉しくて、ありがたくて、同時に申し訳なかった。

「ユピテルちゃんが気に病む必要なんてありませんよ」

その日、キョウイチロウとアル姉が修行に出かけている間、ワタシ達は庭で土いじりをしていた。

庭の花壇にはこないだ植えたばかりのお花の種が芽を出していて、それを二人で眺めながらチョロチョロと適量の水を与える。

植物栽培において、水のあげ過ぎはげんきんだ。培養土《つち》もこんもりあげればいいってもんじゃない。適度に風通しを良くして、程良く水をあげる。愛情のあげ過ぎは、ダメなのである。

「だからワタシのことも、みんなもっと雑に扱ってくれて良いんだよ」

少なくとも、今みたいにずっと誰かが傍にいてくれなくてもダイジョウビ……だと思う。ワタシだって一人でお留守番くらいは出来るし、何よりも今は『ケラウノス』のことを気にしなくて良いのだから。

「それは困りました。私はユピテルちゃんと遊びたいから遊んでいるというのに」

「土いじりは遊びじゃない。あえていうなら、作業」

「ええ。もちろん。お姉ちゃんだって真剣です。真剣に楽しんでます」

「真剣に楽しむと、作業も遊びになるの？」

「私の場合は、ですけどね」

「じゃあ、お料理とか、お洗濯とか、お片づけとか、お買い物とかも遊び？」

「はいっ！　それはもうやりごたえのある遊びですよ？」

「フミカは変わってるね」

「そうでしょうか」

「将来変な男に騙《だま》されたりしないでね」

「あらあら、まぁまぁ。ユピテルちゃんに心配されてしまいました」

にゅうわな目じりが、わざとらしく見開いた。フミカはおっとりしているようでいて、その実けっこう余裕がある。流石は清水《しみず》家の主だ。そのおっぱいの大きさも含めて包容力が段違い。後、根はすっごくまじめなのに今みたいに冗談（実のところは半分本気だったんだけど）をさらりと受け止めてくれて、話していて全然疲れない。

この独特のぽわぽわした会話が、ワタシはとっても好きだ。

「それにしても、植物菜園《ガーデニング》というのはとっても奥が深いんですねぇ」

「簡単だよ。だけど幾らでも凝《こ》れる」

さんさんと照りつけるお日様。今日はこの時期としては珍しいくらいに快晴で、絶好のお花日和だった。

ショベルと肥料とお水と図鑑。ばっちいのが入らないように軍手もしっかりして、花壇でお花を育てるこの時間が、ワタシにとってはギャルゲーとおんなじくらい大切だった。

「お花は生きてるからね。だから責任をもって育てなきゃダメなの」

にょきっと芽生えた緑色の小さな命にけいいを払いながら、偉そうなことを言ってみる。

ここに来て、間もなくのこと。「何かしたいことある？」って聞かれて「お花を育てたい」って答えたらみんなが花壇を作ってくれた。

今植えてるのは、夏ごろに咲く黄色いお花。本当は、紫陽花《あじさい》を育てたかったけど、ワタシは種から育てたい派なので、咲きやすい花を選ばせてもらった。

夏になって、この小さなニョキニョキが満開の花を咲かせて、それをみんなで一緒に見れたらなぁと思う。

お花を作っていると、こういう風に未来のことが考えられるから好き。

たとえ今が良くなくても、頑張って生きていれば、いずれは咲いたお花達に会えるから――

そういう風に「しょかん」を述べたら、誰かに「すてきですね」って言われた。

……あれは一体、誰だったのかしら？

「お花作りは独学で学ばれたのですか？」

フミカの質問に、ワタシは首を横に振って、それからやっぱり縦に振り直した。

「お勉強はいっぱいした。命を扱う以上は、正しい知識が必要だからね」

だけど、どうなのだろう。あるいはいつからだったかしら？

ワタシの故郷は、いつも雪が降っていて、お花なんて育てられなかった。

〝じせつ〟にいた頃は、それどころじゃなかったし、こっちに来てからは――

「あ」

そうだ。思い出した。ワタシはこっちに来て、ジェームズが運営する〝燃える氷剣〟に入って、そこで色々お勉強したのだ。

「お世話係みたいな人がいて、その人に土のいじり方を教えてもらったの」

「お世話係、ですか？」

「あんまり仲良くはなかったけどね。はくじょーかもしれないけど、名前も思い出せないくらいうすい関係だった」

きっとあまりに孤立していたワタシを見かねて、お仕事で付き合ってくれたんだろう。教えてくれたのも一回きりで、後は基本的に無視だった。

「(やっぱり、あそこで過ごした時間はあんまり好きくない)」

住む場所やご飯には困らなかったけど、それだけだった。ずっと、ひとりぼっちで、寂しくて、ほとんど何にも思い出がない。

唯一覚えているのは、あの花園だけ。ダンジョン『全生母』。クラン〝燃える氷剣《Rosso&Blu》〟のホームであり、ワタシが住んでいた寮のある場所。

あそこには特別な花園《セカイ》があった。

いつでも色んなお花が咲いていて、命の輝きにあふれていたワタシの楽園。あそこで過ごした時間だけが良い思い出。

後は何にもなかった。良いとか、悪いとかではなく、何にもなかったの。

だけど
「フミカ」

今は違う。ここは違う。

「ありがとね」

今のワタシには寂しくならない居場所がある。キョウイチロウ、ハルカ、フミカ、アル姉。きっと忘れない、ずっと覚えていたい人達がいる。

「ワタシ、みんなのこと大好きだよ」

そう言ったらね、フミカは春に咲く綺麗なお花みたいな朗らかな顔で微笑《ほほえ》んでくれたんだ。

■第四話　月光

◆ダンジョン都市桜花・第三百三十六番ダンジョン『常闇』

アルとの地獄の特訓を終えた俺は、その足で『常闇』へと向かった。

目的は恒星系との模擬戦だ。シミュレーションバトルに欠かせない繭形筐体《コクーン》は、割とどこのダンジョンにも置かれている。まぁ、あんな便利なもん置かない方がどうかしてるからな。

戦いに必要な経験値ってやつを、効率よく学ぶことが出来るんだから、そりゃあ戦うことが仕事の奴らにとっては、必需品《マストアイテム》だよなって話。

シミュレーションバトルを使えば、命を脅かされることなく天稟《てんぴん》の剣士の剣術を味わうことが出来る。

遥《はるか》は天才だ。

しかも、そんじょそこらの非凡才人達とはわけが違う。

歴代ダンマギキャラの中でも五本の指に入る剣士といわれた男の秘剣を、俺からの伝聞だけで完コピしてみせるような女なのである。

もうね、あの時は絶句したよ。

本人は小難しい顔で再現性がどうのと宣《のたま》っていたが、普通はそもそも実現不可能な技だからな、アレ。

技として成立させている時点で、剣術の歴史が変わるような大技を曲芸感覚で成功させちゃだめだと思うのよ。

これでまだ成長真っ盛りというのだから、将来が末恐ろしいというか楽しみというか。

そんな世界最高クラスの達人との模擬戦結果は、当然ながら完敗であった。

「わはー！　今日も楽しかったねぇ！」

元気いっぱい夕焼け空に背伸びをしながら、ほくほく顔で乳酸菌飲料を飲み干す恒星系。

今日も今日とて遥《はるか》さんは絶好調である。

「お疲れ。今日もたっぷり勉強させて頂きやした」

「あたしの方こそたくさん学ばせて頂きました、凶一郎《きょういちろう》センセ」

お互い神妙な口調でお辞儀を交わし、すぐに耐えられなくなって吹き出してしまった。

やっぱりこいつと過ごす時間は特別だ。

どれだけハードなトレーニングをこなした後でも、遥《はるか》といれば不思議と元気が湧いてくる。

「けど、今日の凶さんは少し調子悪かったね。なんかあった？」

屋外ベンチに腰を落ち着けながら、鋭い指摘を飛ばす遥《はるか》さん。

……分かるもんなのか？

「そうか？　いつも通り全敗だっただろ」

「ううん。普段の凶さんは、もっとずっと手ごわいんだよ。……そうだね、今日の凶さんは、大体三分の二凶一郎《きょういちろう》くらいだった！」

まさかのピタリ賞だ。

エスパーかよ、こいつ。

「……正解。ちょっと精霊の調子が悪くてな。原因はハッキリしているし、次の戦いまでには全快させておくから安心してくれ」

「じー……」

「なんだ急に人の顔を見つめて――――あっ、さてはお前、また俺の表情から本心を窺《うかが》おうと！」

「一応、嘘は言ってないっぽい？　でも、なにか隠してるような」

クソ、自分の体質が恨めしい！

絶対今度顔隠し用のアイテム買ってやる！

「そういえば、さ」

四方山話《よもやまばなし》が一段落し、鳥のさえずりがフクロウ（野生のフクロウがいるんだ、ココ）の鳴き声に変わり始めた頃、遥《はるか》が改まったような口調でその話題を切り出した。

「ユピちゃんは、元気してる？」

「んっ？　あぁ、上手くやってるよ。今はアルと仲良くゲームでもやってるんじゃないかな」

「そっかぁ……、それは善哉《ぜんざい》、だねぇー」

「まぁ、な」

なんだろう。

妙に歯切れが悪い。

というより、遥《はるか》らしくない。

ユピテルのことが気になるのなら、直接ウチに足を運んで確かめるのが俺の知っている恒星系スタイルだ。加えてそもそもの話、遥《はるか》はこの一週間の間に幾度となく家にやって来ては、銀髪のおチビさんの世話を焼いてくれている。

彼女は、あの夜に交わした約束を確かに守ってくれていて、その献身ぶりは、傍から見ているだけでも十分に
「(いや、待てよ)」

それは、違和感とすら呼べないほどの僅かな引っかかりだった。

遥《はるか》が最後に清水《しみず》家を訪れたのは、一昨日のことである。その日彼女は、夕方までユピテルと遊んだり一緒に料理を作ったりして時を過ごし、そして五時の鐘と共に帰って行った。

正直、とても健全だと思う。時間帯も会いに来る頻度も、ユピテルとの時間の過ごし方さえも全て十分で、常識的で、だけどちっとも過剰じゃない。

別に期待していたわけではないのだが、当初俺は、こいつが毎日のように清水《しみず》家にやって来るんじゃないかと踏んでいたのだ。

だけど蓋を開けてみれば、彼女の来訪頻度はとても常識的だった。それは良く言えば節度を弁《わきま》えたものであり、悪く言えば――

「ふむ」

隣に座る恒星系の横顔をじっと見つめる。

黄昏《たそがれ》もふけてきた空の下でもすぐに見つけ出せそうな美しい顔《かんばせ》が、少しだけ不安そうに揺れている。てか、まつ毛長！　モデルかよ。

「な、なにかな凶さん、人の顔をじろじろ見て。そーゆーのって遥《はるか》さん、あんまり良くないと思うな」

「見事なブーメランありがとうございます。いつものお返しなので、思う存分、見られやがって下さいませ」

じーっと、これまでの鬱憤を晴らすべく、遥《はるか》の美貌を観察する。

成る程、目は口ほどに何とやらとはよく言ったものだ。

こうして恒星系の顔を眺めていると、普段さして洞察力が高くない俺でも、なんとなく考えていることが読めてくる。

「お前、さてはユピテルに遠慮してるだろ」

ぴくりと、恒星系の頭が揺れた。

なんて分かりやすい反応だ。

「やだなー、遥《はるか》さんに限って、そんなおセンチなこと……」

「おセンチって、また随分と古めかしい表現だな」

「えっ、嘘？　おかーさんがナウなヤングにバカ受けだって」

「うん、その時点で死語だって気づこうぜ」

妹《かなたん》がやけに仰々しい喋り方をしていた理由が、今明らかになった気がする。

……ってそうじゃなくて。

「いや、遥《はるか》はかなりの、気配り上手だよ」

ワクワク狂いで、サイコな一面に注目が行きがちだが、遥《はるか》はその実、相当コミュ力がある。

積極的に話題を振ってくれるし、話の膨らませ方も上手だ。

他にも相槌《あいづち》の打ち方や、笑顔の自然さ、パーソナルスペースの縮め方なんかもコミュ強者のソレであり、乱暴にまとめると、ものすごくデキた奴なのだ。

あるいはだからこそ、なのか？

配慮が出来るが故に遠ざかる——つまりは、遠慮だ。

「それは買いかぶり過ぎ。あたしはそこまでデキた女じゃありません」

「まぁ、遥《はるか》が言い張るならそれでもいいけどさ。……なんか悩みがあるんなら、聞かせろよ。俺でよければ……力になるし」

我ながら見事なまでの、直球勝負である。

だけど、恒星系相手には下手に回りくどいことをするよりは、こっちの方が効果的なのだ。

「……じゃあ、少しだけいい？」

「もちろん」

ほら、釣れた。

「その、自分でもちょっと考え過ぎかなって思うんだけどさ」

「あぁ」

おずおずと、少し上ずった声で、語り始める遥《はるか》さん。

こういう陰のあるバージョンも嫌いではない。

「一週間前に、凶一郎《きょういちろう》の家にみんなで行ったじゃん」

「うん」

「その時にさ、あたし気づいちゃったの。自分はすごく恵まれてたんだなーって」

恵まれてた、か。

まぁ、確かに色んな意味で恵まれた奴だとは思う。

だけど。

「そんなことはお前さん、前々から自覚してただろ」

自覚があったからこそ、こいつは幼少期の全てを剣に捧《ささ》げてきたんだ。

境遇や才能にあぐらを掻《か》くことなく、誰よりも努力してきたからこそ今のお前があるんだろ？

「うん。分かってた。でもそれは、分かってたつもりでいただけだったんだ」

「というと？」

「あたしが、辛いとか苦しいって思っていた気持ちは、他の人とは比べ物にならないくらい軽くて甘ったれてたものだったんだよ」

遥《はるか》は、あえて詳《つまび》らかに喋らなかったのだろうが、俺には、恒星系の言わんとしている内容がなんとなく理解できた。

要するにこいつは、俺達に負い目を感じているのだ。

天涯孤独だったユピテルに、記憶喪失の少女（という設定）のアル、そして数年前に両親が事故で他界した俺と姉さん。

そんな、幸薄い奴らの寄り合いに、これまで恵まれた環境でのうのうと生きてきた自分のような人間が、関わってもいいのか――大方《おおかた》、そんな感じの懊悩《おうのう》を抱いたのだろう。

全く、愉快な勘違いをしてくれるじゃないか。

「そいつは違うぜ、遥《はるか》」

クイズの不正解を告げるような柔らかさで、恒星系の意見を翻《ひるがえ》す。

「俺達はお前が思うほど不幸でもないし、お前はお前で、辛かったんだ」

「でも……」

「でももへちまも認めねぇ。いいか、不幸に優劣なんてないのさ」

流行《はや》り病《やまい》にかかったAさんと、交通事故にあったBさん。

果たしてどちらがより不幸でしたか？

この問題の答えは、「黙れ、カス」である。

病気や医療費の重さで推し量って、「はい、こっちの方が不幸でーす」などとほざく輩《やから》が現れたら、俺は間違いなくそいつらをぶん殴る。

人のキズや苦しみは、他人が勝手に線引きしていいものでは断じてない。

「遥《はるか》。お前がこれまで感じてきたキズや痛みは、お前だけのものなんだ。他人と比べる必要なんてない。お前はちゃんと傷ついていいんだよ」

「……そうなのかな？」

「そうさ。大体、自分より不幸な人間がいるのだから嘆いてはいけないなんてクソルールを適用したら、不幸を嘆ける人間が世界で一人になっちまう。後の人間は、その一人と比べて恵まれてるから我慢しましょうなんて無理筋、通るわけがないだろ」

遠い地域の貧困国家の人間が飢餓に苦しんでいて、そいつらと比べたら自分は恵まれているのだから、この程度の貧困で誰かに助けを求めてはいけない。

自分はいじめられている、だけど他のクラスのあいつはもっと酷《ひど》いいじめにあっている。だから、あいつが耐えている間は、自分も耐えなければならない。

事故で最愛のパートナーを失った。だけど隣人は、別の事故で家族全員を失っていた。あいつの方が辛いのに、自分が辛いなどと、どうして弱音を吐くことが出来ようか。

「そんな世界は真っ平だぜ、俺は」

他人のことばっかりを慮《おもんぱか》って、自分の痛みを蔑《ないがし》ろにしてたら世話がないだろうに。

痛みってのは危険信号なんだ。

自分の心が危ういっていう信号を、他に不幸な人がいるからって理由で我慢できてしまうような聖人《いいひと》に、俺は絶対、なりたくない。

「俺達のことでお前が卑屈になる道理も、遠慮する義務もないんだよ、遥《はるか》」

「……うん」

恒星系の細い首筋が小さく揺れる。

あと一押しってとこだな。

「それと、家にいるのが息苦しい時は、いつでも清水家《ウチ》に来てくれよ。次の探索に向けた会議とでも言えば、親御さん達も止めはしないだろ」

「いいの？」

「あぁ、部屋は腐るほど余ってるからな。お前が来てくれたら、きっとユピテルが喜ぶ。姉さんも、多分アルも歓迎してくれるはずだ」

それに、と上気しそうな凶悪面を月の方角に上げて、ぶっきらぼうにつけ加える。

「俺も、お前が来てくれたら嬉しいし」

ほぅほぅ、とフクロウの声が鳴り響く。

……なんだろう。

言い終えた後に気づいたんだが、俺大分恥ずかしいこと言ってね？

というか、これではまるで誘っているみたいではないか。

「いや、違うんだぜ遥《はるか》。いや、違くはないんだけど、違うというか、俺は決してやましい気持ちから言ったのではなくてだな」

身ぶり手ぶりを交えながら、なんとかナンパ野郎ではないことをアピールする凶悪面。

そんな道化の愚かな舞を、恒星系は、ぼーっと眺め続けていた。

後、顔がやけに紅潮している。

心ここに在らずである。

「遥《はるか》さん？」

「あー、ごめんごめん！　ちょっとから……空気が暑くって頭飛んじゃってた！　うん、なにも心配ないよ！　凶さんの気持ちはちゃんと伝わった！　ごめんね、変なこと聞かせちゃって！」

「お、おう」

確かにもう六月だもんな。

夜とはいえ、外で長話は危険かもしれない。

「悪い。配慮が足りなかった。そんなに顔が赤くなるまで、我慢させてしまって申し訳ない」

「え？　あたし顔赤ぃ？」

「あぁ。茹《ゆ》でダコみたいだ。もしかしたら熱中症の可能性も……」

「ねっ、ちゅー、しよ――――ってえぇ!?」

「遥《はるか》さん？」

なぜ、そこで驚く。

熱中症は、誰でもかかる危険性のある病気なんだぞ。

「お前、本当に大丈夫か」

「だ、だだだだ大丈夫ですよ遥《はるか》さんは。多分命に別状がある的なサムシングではないと思うから、本当に、大丈夫だから！」

だといいんだが、こいつ変なところで強がるからなぁ。

「念《ねん》の為《ため》、売店で水を買ってから帰ろう。後、今日は家まで送ってくよ」

「！　いや、それはとっても嬉しいんだけど、本当に違くて、なんというか、なんというかぁ……！」

急に頭を掻《か》き毟《むし》り始める恒星系。

さっきからやたらと忙《せわ》しない奴だ。

「そうだ！　だったら、せっかくだし、今日は凶さん家に泊まりたい！」

「お、おう」

随分と、急だな。

「ダ、ダメかな？」

「いや、全然構わんよ。あっ、でも一応、姉さんに連絡だけは入れさせてくれ」

「う、うん」

スマホのチャットアプリで姉さんに遥《はるか》が泊まる旨を伝えると、すぐに「是非に！」という返事が書き込まれた。

「オッケーだってさ。んじゃ、行こうか」

「……やった！」

月明かりの下で、蒼《あお》い太陽が今日一番の笑顔を咲かせる。

よかった。

やっぱりお前は、笑ってる顔の方が似合ってるよ、遥《はるか》。

「どうしたの、凶さん？」

「太陽が綺麗だな、と思ってさ」

「？　今は夜だよ」

「そうだった。うん、月も綺麗だ」

他意はない。

その時見上げた月明かりは、本当に美しく輝いていたのだから。

■ユピテルのしあわせ日記4

◆◆◆

ワタシは学校に通っていない。

〝じせつ〟は全然学校じゃなかったし、〝燃える氷剣〟にいた頃はもっぱら通信教育で勉強してた。

理由はたんじゅんで、ワタシが集団生活に向いていないから。

ちょっとでもワタシが落ち込むと、『ケラウノス』が出てきて暴れるの。

皇国で異国の人間がなにかおおきな問題を起こしたらいっぱつでアウトになる。

怖い人に捕まって、オリの中にいれられて、その後はずっと肩身の狭いせいかつをしいられるんだって。

だからワタシはこの国にきてから大人しくすることを心がけてきた。

学校になんて通えるわけがなかった。

きっと弱くて臆病なワタシは、すぐにちぢこまっちゃって、問題《ケラウノス》を起こす。

それはいけないこと。やっちゃだめなこと。

だからワタシはお勉強をインターネットの中でするの。

こうしの人達のおはなしをきくことも、ノートをかくことも、しゅくだいすることだって、今の時代は全部ネットで出来る。

〃――今日からあなたのお勉強係を務めることになりました。■リ■・ウ■■■ー■です。■■。そんな嫌な顔をしても無駄ですよ。あなたがちゃんと皇国語をマスター出来るようになるまで、毎日とことん■■■合い致しますから、そのつもりでいてくださいね――〃

だからあんまし問題はないと思う。

だけど、だけどね。ゲームとかまんがとかアニメとか見てるとたまに良いなぁって思うの。

みんなで机をかこんで、一緒にお勉強して、おべんとう食べて。

そういうのいいなぁって思う。

「じゃあ、行ってみるか？」

キョウイチロウがある日、そんな提案をしてくれた。

学園物のアドベンチャーゲームをやっていたワタシが、不意につぶやいた「いいなぁ」って言葉を拾ってくれたの。

ワタシが「いいの？」と聞いて、そのあと「そんなこと出来るの？」って聞き直すと、キョウイチロウはカラカラと笑いながら「行くだけなら、何も問題ないよ」って言ってくれた。

「いいか、ユピテル。俺はこれから学校に忘れ物を取りに行く。そんでお前さんはビビりな俺に付き添ってくれる優しい身内の同伴者だ。一緒に学校へ行って、教室入って、そんでちょこっとそこで話し込んだり、弁当を食べたりするくらいのことは……まぁ、全然、これっぽっちも問題ないさ」

こういう時の為に、先生や用務員さん達から信頼される優等生を演じてきた――そんな風にいたずらっぽく笑うキョウイチロウの姿は、なんだかちょっぴしだけカッチョ良かった。

「いいの？」

「もちろん。さて、そうと決まれば善は急げだな」

キョウイチロウについてって、夜の桜花の街を駆けていく。

移動手段は、自転車《チャリンコ》。ちょっぴり危険な二人乗り。

頭にヘルメットを被《かぶ》って、なるべく人のいない道を通って行って、背中のリュックサックにはフミカが作ってくれたおべんとう。

夜の桜花の街はキラキラしていて、まるで光のお花が咲いてるみたいだった。

じめっとした空気。ほんのり香る雨の匂い。天気予報はだいじょうびって言ってたけど本当なのかしら？

シャーッとつまびく車輪の音。何故だか耳に残る音。

行きかう人々はいっぱい。ワタシみたいな他の国の人も、違う種族の人も桜花の街にはいっぱいいる。

学校に向かう道の途中で、ワタシ達は趣味の話をした。

お花のこと、ギャルゲーのこと、あとキョウイチロウにソーシャルゲームっていうのを教えてもらった。

そういうのがあるのは知ってたけど、■■ザに「まだ早いです」って言われてたから、今までやったことがなかったゲーム。

「色々片付いたらさ、一緒にやろうぜ」

キョウイチロウが言うには、ソシャゲは基本無料で出来るんだって。

お金を払わなくてもゲームが出来るなんて、まるで夢みたいだよね。

◆桜花第二中等学校・校門前

「凶さーん、ユピちゃーん！」

夜の校門の前で、ハルカが元気に手を振っていた。

服装はいつものバトルコスチュームでも私服でもなくて、学校指定のセーラー服。……といっても、ハルカは桜花第二中等学校《このがっこう》の生徒じゃないそうな。だからある意味、私服のワタシよりも目立っていた。


ハルカはとにかく目立つ。

ばつぐんの美貌。ちゅーさんとは思えないプロポーション。

そして結構、大胆に露出する。特にバトルコスチューム。アレはすごい。おっぱいとか、腋《わき》とかいっぱいすごい。

「どしたのユピちゃん？」

そういう意味で言うのなら、ハルカの学校服はある意味〝ひかえめ〟だった。

スカートの丈は短いし、上の服も結構だいたんに気崩してたりはするのだけれど、たぶんギリギリ〝こーじょりょーじょく〟に反していないラインを保っていると思う。

後やっぱり本人の顔が、とにかく綺麗で可愛《かわい》いからあんまし悪くみえない。

アイドルがアイドル衣装着ながら歩いている感じとでも言えば良いのかな、どれだけ露出しててもサマになる――そういう魅力《カリスマ》がハルカにはある。

「……なんでもない」

ワタシは首を横にふった。

「それより、ハルカはどうしてここに？」

「そりゃあ、もちろん。あたしがこんなワクワクしたイベントを見逃すわけがないからだよ」

お日様のような笑みを浮かべて、ハルカは言った。

「夜の学校で肝試し大会なんて、すっごくワクワクするよねー！」

「……キョウイチロウ？」

「いや、俺はそんなこと一言もいってねぇよ？」

どこかで何かの伝達のそごがあったらしい。人間っていうのは本当になんぎな生き物ということか。

「あ、でもそれだけじゃないよ」

自転車から降りたワタシの手を引いて、こっそりとハルカが話してくれたのは――

◆桜花第二中等学校・3B教室

キョウイチロウが言っていたように、学校にはあっさり入ることが出来た。

忘れ物を取りに来ましたって言ったら、〝どうちょく〟の先生があっさり鍵を渡してくれたの。

しかも、部外者のワタシや他校生のハルカも「清水《しみず》君の知り合いなら、別にいいよ」って通してくれた。

「こういう時の為に内申は、稼いでおいた方がいいんだよ」

そんな悪知恵の働くアドバイスをワタシ達に送りながらキョウイチロウは、教室のドアを開けてくれて、そこには
「いっぱい、ある」

そこにはいっぱいの机と、椅子が並んでいた。

黒板、きょーたく、色とりどりの掲示物に、個性豊かな習字書き。ロッカーに掃除用具入れ。廊下側の壁には上と下に窓。窓側にはおっきな窓とベランダへの入口。遮光カーテンがしまってる。

ワタシは知っていた。教室を知っていた。テレビやギャルゲーで見たことがあるもの。それくらいは知っている。

〝――――どうですか、■■■■。我らが〝■える■剣〟が誇る花■は。今日は私とあなたの二人だけで貸■切りですよ――――〟

だけど、知っているのと実際に来てみるのとじゃ全然違ったの。

硬い床の感触。ほんのりと漂うチョークの匂い。

そして
「わー！　すごいすごい！　やっぱりユピちゃんは飛びっきり可愛いよぉ！」

ワタシの身体に通されたセーラー服。

ハルカが貸してくれたセーラー服。

ちゅーがく一年生のやつなんだって。

「ユピちゃん、お人形さんみたいに可愛いから、着せ替えがいがあるよぉ」

ワタシに制服を貸してくれた貸主さんはさっきからずっとこの調子だ。

ぎゅっと抱きしめて、ほっぺすりすり。

ハルカのほっぺはとってもスベスベでもちもちしていてあったかい。後、ふんわりとした柑橘《かんきつ》系の良い匂いがする。

「でもちょっぴしブカブカ」

「そこはゴメンだよー。でもでも、そうやって袖をダボダボさせてるユピちゃんもすっごくいいよぉ！　もうユピちゃん好き！　全部好き！　足のつま先から頭の天辺《てっぺん》まで全部だーい好き！」

「ワタシも、ハルカのこと……きらいじゃないよ」

「わー、嬉しいっ！　あたし達両思いだねっ」

そんな風にワタシ達がお椅子に座りながらじゃれている様子を、遠くの方でキョウイチロウが楽しそうに眺めていた。

プロテインバーとゆで卵をもそもそと食べながら。

「あれー、凶さん。そんなところでボッチ飯？　ねぇねぇ、こっちきなよ。女子グループとおしゃべりしよ？」

「いや、基本的に俺そういうキャラじゃねぇし」

「えー、何照れてんの？　あっもしかしてユピちゃんの制服姿があんまりにも可愛いもんだから照れてんだ」

「ちげーし」

けらけらと笑いながら、遥《ハルカ》がキョウイチロウの席へと近づいていく。

「ねぇねぇ、遊ぼうよ。せっかく夜の学校来たんだよ？　ユピちゃんとの思い出作りの為にもさ」

それは特に何のへんてつもない誘い文句で、耳だけで判断するならばゲームに出てくる〝明るくて優しい学級委員長さん〟みたいですらあった。

「……いや、ここからでも十分会話には参加できるってば」

「だーめ。あっちであたし達と机くっつけ合いっこしておしゃべりしよ。みんな一緒がいいよぉ」

その身ぶり、あり得ないほどの距離の近さ、何よりもハルカは、キョウイチロウと目を合わせている時だけ一層綺麗だった。

というよりも、明らかに綺麗であろうとしている。

角度。ポジション。さりげないボディタッチに至るまで、全部――

「なんてこったい」

制服を着て、学校の教室に座りながら、ワタシは確かにそのはどうを感じ取った。

ハルカはとても綺麗で、カッコ良くて、ワタシの憧れで、そして、とっても、とっても分かりやすい。

■第五話　増援

◆浪漫《ろまん》工房『ラリ・ラリ』

「おにーちゃん、約束守ってくれて嬉しいよ。いっぱい買ってくれて感謝ね」

「いえ、こちらこそ結構まけてもらっちゃって、ありがとうございました」

ベビーキャップのじいさん店主に礼を言い、アクセサリー屋を後にする。

あれもこれもと買ってしまったお陰で、結局、かなりの出費になってしまったが、まぁいい。

これだけスペックの高いアクセサリーならば、値段相応の活躍をしてくれるはずだ。

本当、品質だけはいいんだよなぁ、ここ。

金額と変態達の濃い接客におし負けさえしなければ、『ラリ・ラリ』は、かなりの優良店である。

次の『ケラウノス』戦は、いかに強力な装備を用意できるかにかかっていると言っても過言ではないからな。

性能重視でいくなら、『ラリ・ラリ』一択ってわけよ。

さて、粗方《あらかた》必要な物も手に入ったし、グレンさんから新しい着脱式戦闘論理《カートリッジ》も受け取った。

名残惜しいが、そろそろこの変態の巣窟ともお別れの時間である。

さらば、愛《いと》しの変態達。今度会うのはグレンさんだけだ。

俺は変態達から解放される喜びに打ち震えながら、うきうきステップで『ラリ・ラリ』の門扉《もんぴ》を抜け出していく。

シャバの空気は、大層爽快だった。

◆

「やぁ、キョウイチロウ。息災かな」

シラードさんからの電話がかかってきたのは、その帰り道のことである。

「どうも、シラードさん。お久しぶりです」

スマホ越しに社交辞令のような会話が、ぽんぽんと飛び交っていく。

探り合いというか、様子見というか……あまり意味があるとは思えないやり取りが数分続いた後、シラードさんが俺に伝えてきたのは「今から会えないか」という趣旨の文言だった。

〝燃える氷剣《Rosso&Blu》〟の主から突然のラブコール。

もちろん、二つ返事でオーケーさ。

こんなレアイベ、一ダンマギファンとして見逃せるかっての。

◆ダンジョン都市桜花・ステーキハウス『ドラドラドラルド』

　指定された店舗に足を運ぶと、そこには優雅な手つきで厚切りのサーロインステーキを召し上がるシラードさんの姿があった。

「やぁ、キョウイチロウ！　また会えて嬉しいよ」

　ハッハッハ！　と高そうな肉をフォークで刺しながら爽やかな微笑みを浮かべる〝燃える冰剣《Rosso&Blu》〟の主。

　ステーキソースも滴《したた》る良い男ってか。

　くそ、イケメンは何をしても様になるから、羨ましいぜ。ちょっとキュンと来ちまったじゃねぇか。

「再びお目にかかることが出来て大変光栄です。それで本日はどういったご用件で？」

「その前に、一つ腹ごしらえといこうじゃないか。好きな物を頼みなさい。奢《おご》るよ」

「あっ、ありがとうございます」

　俺はシラードさんに促されるまま、ステーキのランチセットを頼み、極上の肉厚ステーキに舌鼓を打った。

　貸し切りの店で、昼間から奢りのステーキとか最高すぎるだろ。

「気に入ってくれたようだね」

「はい！　厚みがあるのに、柔らかくってめっちゃ美味しいです！」

リンゴと玉ねぎベースの和風ソースもいい味出してんだよなぁ。

ステーキはおろしポン酢派だったが、ちょっと価値観変わりそう。

「実はここの店主は合衆国出身の人間でね。本場仕込みのステーキを皇国民好みの味付けで提供するハイブリッドブランドを確立したパイオニアとして、界隈《かいわい》では少々名が知れているんだ」

成る程。言われてみれば、確かに皇国民の好きそうな味わいだ。

単純にソースが和風なだけでなく、付け合わせやシーズニングスパイスもちゃんと和のテイストで彩られていて、なのにしっかりと本場の力強さを感じさせる。

まさに作り手の創意工夫が行き届いた逸品だ。

嚙めば嚙むほど幸せがやって来る。

「こりゃあ、繁盛しますわ」

「ハハハッ。その意見には私も同意するよ。顧客のニーズに合わせた調理法、店主の優れた経営手腕、そして何よりも、この国の寛容な風土が追い風になったのだろうね」

寛容な風土？

何かの聞き間違えか？

「寛容、なのでしょうか」

「意外そうな顔をしているね」

そりゃあ、驚くさ。

他ならぬ異国民代表のシラードさんから斯様な台詞が出てくるなんて、想像もしていなかったもの。

「あくまで政治を知らないガキの戯言《たわごと》ですけど、この国は異種族や異国民に厳し過ぎると思うんです」

「異国の人間に厳しいのは、どこの国も一緒さ。むしろ皇国は先進国家の中でも極めて進歩的《リベラル》な部類だよ」

「その根拠は？」

シラードさんが紙ナプキンで口元を拭きながら答える。

「異国出身である私が、皇国有数のダンジョン都市である桜花の顔役として認められ、同じく異国出身の彼が経営するこの店が、正当な評価を受け繁盛している。加えて、税金も皇国民と同じ仕組みで支払うことが出来るのだから、至れり尽くせりだよ。私の故郷ならば、異国の民というだけで重い税金が課せられるというのにな」

ハッハッハッと爽やかに重いエピソードを語る灰髪の偉丈夫《いじょうふ》。

そういうもんなのか。

ゲームでは、異国民政策の陰の部分ばかりが強調されていたから、てっきりそういうものだと認識していたのだが、どうも俺の考えは偏見まみれだったようだ。反省。

「とはいえ、キョウイチロウの言うような厳格な側面も当然ある。特に、一度でも法の穴を抜けた異国出身者に対して、皇国が情けをかけないことは……君も分かっているよね？」

「……はい」

白か黒なのだ。

皇国の一員として務めている間は良き隣人として振る舞うが、少しでも間違いを犯せばスパイやテロリストとみなして徹底的に裁く――白か黒、異国の民にはグレーゾーンが存在しない。

「ユピテルは、危ないところにいたんだ。少しでも傷つけば、あるいは一定以上のストレスを溜め込めば黒雷の獣が怒り狂う――同情すべき過去があるとはいえ、野に放てばいつ爆発するかも分からない爆弾と行動を共にすることは、我々にとってリスクが大きすぎたのだよ」

その述懐《じゅっかい》は、あるいは懺悔《ざんげ》だったのかもしれない。

一人の少女をついぞ助けることの叶わなかった男の深い後悔とやるせなさが、そこにはあった。

「彼女がダンジョンの攻略中に〝暴発〟したことは一度や二度ではない。獣の攻撃に巻き込まれて、浅くない傷を負ったメンバーも沢山いる」

それでも、ユピテルの〝暴発〟が、世に知れ渡ることはなかった。

何故か。

「庇ってくれていたんですね」

「そんな高尚な話ではない。我々は単に彼女の罪が、こちら側にまで波及することを恐れていただけさ。隠蔽工作と謗《そし》られても、反論は出来んよ」

嘘だ。

本当に利益を優先するのであれば、被害者として即刻ユピテルを警察に突き出せば良かったのだ。

隠蔽なんて働けば、バレた時に余計なリスクを負うだけである。

にも関わらず、シラードさん達がユピテルを二年もの間、庇っていたのは、つまりそういうことなのだろう。

「ずっと不思議に思っていたんです。あの日シラードさん達は、どうして俺達みたいな新参者相手にハイリスクハイリターンな賭け試合を敢行したのだろうかって」

最初は、単なる思いつきだと思っていた。

試合に適度な緊張感を持たせて、俺達の本気を引き出そうとしていたのだと、それくらいの認識でいたんだ。

今考えればお気楽にも程がある。

シラードさんは、恐らくあの時点で、いや、俺達と会う前からこの盤面を思い浮かべていたのだ。

そしてエリザさんのあの言葉。〝見定める〟。彼女の言葉に嘘偽りは一つとしてなかった。

「シラードさんが勝った場合、〝燃える冰剣《Rosso&Blu》〟のメンバーと強制的にパーティーを組ませて、俺達に十層を攻略させる、そして俺達が勝った場合は、シラードさんが選《よ》りすぐりの砲撃手を俺達に提供する――――あの時は全く気づきませんでしたが、これって根本的には同じ意味ですよね？」

勝つにしろ負けるにしろ、俺達は〝燃える冰剣《Rosso&Blu》〟のメンバーとパーティーを組むことになる。

十層攻略という目くらましのせいで、判断を見誤ってしまったが、気づいてしまえば、どうということはない。

あの会合と模擬戦の正体は、ユピテルを預けるに相応《ふさわ》しいパーティーを見つけ出す為のテストだったのだ。

「シラードさんが搦《から》め手《て》を一切使わず、愚直なまでの真っ向勝負を挑んできた理由も今なら分かります。あの日の貴方は、『ケラウノス』だった。そうでしょう？」

圧倒的な火力による攻撃と機関銃のようなスピードで放たれるエネルギー攻撃の掃射。

確かにあれらの攻撃はおしなべて強力なものばかりだったが、【四次元防御】を持つ俺と、エネルギー系統に特攻を持つ遥《はるか》ならば十分に越えられる壁だった。

「まぁ、最後の天啓《レガリア》ラッシュは割かしマジだった気もしますけど」

「いやぁ、あの時は済まなかったね！　君達があまりにも輝かしいものだからついついやり過ぎてしまったのだ！」

灰髪の偉丈夫が爽やかに笑う。それは一見すると何も考えていないかのような豪放磊落《ごうほうらいらく》さで、しかしながらその実どこか計算された笑顔だった。

仮想世界で行われたあの世紀の一戦、その終盤戦において確かにこの人はテンションが上がり、やらかしたのだろう。

だが、俺は知っているのだ。ジェームズ・シラードがあの状況を打開するような天啓《レガリア》を持っていたことを。それも一つや二つではない。複数だ。

その場の勢いに流されるまま大人げなく本気を出したようでいて、しかし実際のところは、この上なく俺達の力量を見定めていた——冷静と情熱。理性と感性の完璧な両立。

「(ったく、この人には敵《かな》わんな)」

そして全てを承知の上でシラードさんが熱術での真っ向勝負に終始していた理由は、俺らが『ケラウノス』の暴虐に耐え得《う》るのかどうかを精査する為だったのだろう。

事前のお茶会で、さりげなく『蒼穹《そうきゅう》』のスペックを聞き出していたのも抜け目がない。

俺達がテストに不合格だった場合は、どうしていたのかって？

その時は、賭けの内容は冗談だったとでも言えばいいのさ。

賭けの負け分を、勝者が帳消《ちょうけ》しにすると申し出たら、普通、敗者は快諾するからな。

「あの獣は、強大だ。私を真っ向から打ち破れるほどの猛者でなければ、戦いの土俵に立つことすら敵わないほどに」

シラードさんの『ケラウノス』評は、残念ながら的を射ている。

桜花のトップクランが御しきれないレベルの化物なんだよ、あいつは。少なくとも、今のシラードさんでは「討伐」はできても「調伏」は不可能だろう。

どうせ指摘しても確実にはぐらかされて終了だろうが、実は今の彼、全盛期とは程遠い状態にある。ゲームの設定通りならば、シラードさんはとある事件の後遺症で大幅な弱体化を受けている。

この後遺症は、約二年後の本編にまで影響を及ぼす程の甚大なものであり、それでもなお本気を出せば俺達を圧倒できる程の力を持ってはいるものの、単独でユピテルを救える程の力はない。この辺りの全体的な巡り合わせの悪さが、あいつの悲劇に繋がったのだと今なら分かる。

誰かが悪いというよりは、本当にタイミングが悪かったのだ。

「他の五大クランに頼むことは、」

「それが叶うような関係性を築けていたのならば、我々はとっくの昔に一つのクランとしてまとまっていただろうね」

「……ですよね」

五大クランには、それぞれ特色がある。

例えば〝燃える氷剣《Rosso&Blu》〟ならば、異国の民達の相互扶助組織というカラーがあるし、別の五大クランは、異種族同士の寄り合いという側面を持つ。

そして別々の信念を持ちながらも、同等の力を持つ組織が五つも乱立すれば、必然的に見えない力場が発生するものだ。

縄張り。駆け引き。化かし合い。

火花で繋がる五角関係《ペンタグラム》に無償の助け合いなどという概念は存在しないのである。

〝燃える氷剣《Rosso&Blu》〟でも御しきれなかった『ケラウノス』ごと彼女を受け入れられる実力があり、なおかつ五大クランの息がかかっていないパーティー。

シラードさん達がユピテルの受け入れ先に求めなければならなかった条件は、ありていに言って無茶なものだったのだ。

「――――君達と出会えたことは、掛《か》け値《ね》なしの奇跡だったよ」

奇跡、か。

まぁ、そうだろうな。

実際、原作には存在し得ないパーティーだし。

そして奇跡が起こらなかった世界のあいつは…………いや、よそう。

あんな未来を実現させない為に、今俺達はこうして話し合っているんじゃないか。

「絶対防御の力を持つキョウイチロウと、エネルギーを切り裂く力を持つハルカ。君達二人の存在は、折れかけていた私の心に、希望という名の篝火《かがりび》を灯してくれたのだ」

五大クランの関係者ではないとはいえ、俺達のところにいわくつきのユピテルを預ければ、最悪〝燃える氷剣〟の醜聞が世に広まる可能性だってあったのだ。

だというのにシラードさんは、リスクを承知で俺達とユピテルを結びつけた。

その選択にどれだけの想《おも》いがこめられていたのかを正確に推し量ることは出来ない。

だけど、五大クランの一長にこれだけの期待と信頼を置かれてしまったら、おいそれと〝逃げる〟のコマンドが使えなくなってしまうではないか。

「シラードさんの気持ちにどれだけ応えられるのかは分かりませんが、やれるだけのことはやってみるつもりです」

「勝算はあるのかね？」

「プランはあります。後は、その勝ち筋をどれだけ確度の高いものに仕上げられるのかが、今度の戦いの肝ですね」

俺の発した一言に、灰髪の偉丈夫が瞠目《どうもく》する。

「詳しく聞かせてもらえるかな」

「はい。まず段取りとしてはですね――――」

そしてその驚きの感情は、次第に歓喜の笑みへと変わっていき、最後にはお決まりの「ハッハッハ！」へと昇華された。

「この短期間の内に、よもやこれほどの奇策をしたためてくるとはな！　面白い！　実に面白い試みだキョウイチロウ！」

「結構な綱渡りですけどね。実質、俺と遥《はるか》の二人で動かなければならないし」

あの雷親父と戦うということは、即ちユピテルの力は借りられないということだ。

もちろん、その点を加味した上で戦略を立てているから問題はないのだけれど、お陰で個々人の重要性《ウェイト》が尋常じゃないほど跳ね上がってしまった。

ぶっちゃけ俺か遥《はるか》のどちらかが負傷すれば、その時点でゲームオーバーは確実だ。

だから『ケラウノス』調伏《わからせ》作戦は無傷でやり通さなければならない。

死神野郎を二回りは上回る雷親父《モンペ》相手にノーミスノーダメで挑もうだなんて、我ながらどうかしてると思うよ？

でも、瘴気の雷なんてまともに喰《く》らったら戦闘どころじゃなくなるからね。

被弾イコール即死亡くらいの認識でいかないと、あっけなくやられる恐れがある。

圧勝か、全滅《オールオアナッシング》か。

『ケラウノス』戦の結末は、どちらに転ぼうと劇的なものになるだろう。

「ならばその負担、この私が請け負おうじゃないか」

一瞬、何を言われたのか理解できなかった。

「すいません。仰《おっしゃ》っている意味がよく分からないのですが」

「君達の作戦に、私も加えてくれと頼んでいるのだ。どうだい、このジェームズ・シラードを、顎で使ってみる気はないかね？」

◆清水《しみず》家・居間

会食を終え、シラードさんと別れた俺は、そのまま真《ま》っ直《す》ぐ家へと向かった。

どうやって帰ったかは、イマイチ覚えていない。

脳のリソースをほとんど思考に割《さ》いていたせいだ。

『〝燃える氷剣《Rosso&Blu》〟の長としてではなく、あくまで同胞を愛する一冒険者として君達の戦列に加わりたいのだ。なに、もしもの時の為に、しっかりと遺書はしたためておく。だから安心して私を駒として使ってくれたまえ！　ハッハッハッ！』


ハッハッハッ！　じゃないよ！

そんな軽いノリで参戦していいキャラじゃないんだよ、アンタは！

大方クランの長としてユピテルを救えなかった自責の念から俺達に協力を打診してくれたのだろうが、こっちからすれば寝耳に水どころじゃないよ！　熱湯だよ！

いや、戦力としては申し分ないよ？

というか心強すぎて若干、過剰戦力気味なくらいのハイスペックキャラだよ、シラードさんは。

でもなぁ。

シラードさん、重要キャラクターなんだよなぁ。

俺や遥《はるか》と違って、これからガッツリ歴史の表舞台で活躍するようなお方を危険度の高い戦いに巻き込むのは、気が引けるというかなんというか。

可能性は低いが、『ケラウノス』との戦いでシラードさんが命を落としてしまったらと思うとぞっとする。

俺が変えたいのはあくまでクソッタレな運命であって、ダンマギの歴史そのものではない。

主人公達の英雄譚《たん》を貶《おとし》めることなく、俺と周りの奴らがそこそこ楽しく暮らせればそれでいいのだ。

だが、シラードさんの参戦は、そんな俺の目論見《もくろみ》を根底から覆してしまう可能性がある。

味方としてはこの上なく心強いが、敗北時のリスクが重すぎるんだよ、クソッタレ！

今日のところは保留という形で納得してもらったが、悩める時間はあまり多くない。

あー、もう！　どうすればいいんだよ！

「お帰りなさい、キョウ君」

「ただいま、姉さん。アルは部屋？」

「アルちゃんなら、ユピテルちゃんを連れてカエル釣りに出かけましたよ」

カエル釣りって……。

なにやってんだあいつ。

「ゲームでうまくいかなかったのが、よっぽど悔しかったのでしょうね。『妹よ、真の狩りというものを教えてあげます』といって釣り竿《ざお》片手に家を出るアルちゃんは、とっても微笑ましかったです」

モンスターをハント出来なかった腹いせに、カエルをハントしにいったのかよ。ロックすぎだろあの邪神。

「それで、キョウ君。なにかアルちゃんにご用事ですか？」

「あぁ、ちょっと相談したいことがあってね」

ふむ、と姉さんが顎に手を当てながら小首を傾げる。

かわいい。結婚したい。

「よろしければその悩み、お姉ちゃんが聞きましょうか？」

「えぇ!?」

姉さんに!?　ありがたい申し出だけど、なんて説明すればいいんだろう。

馬鹿正直に白状するわけにもいかないからなぁ。

「お姉ちゃん、こう見えても悩み相談とか得意なんですよ。この前も、高校のお友達が危ないネットワークビジネスにハマりかけていたところを助けましたし！」

えっへんと、国宝級の胸を張る大天使《姉さん》。

あぁ、このまま時が止まればいいのに。

「それに最近のお姉ちゃんは、忙しさにかまけて大切な弟の面倒をおろそかにしていた節がありま
す。反省です」

「そんなことないよ。姉さんは、」

「そんなことあるのです！」

ピシャリ、と断言されてしまった。

姉さん全肯定ボットの俺は世の理に従い、大人しく引き下がることにした。

「分かったよ、姉さん。相談に乗ってもらえるかな？」

「はいっ。お姉ちゃんに任せて下さい！」

天然の胸部要塞にどん、と手を当てて「バチコイです！」とアピールしてくる姉さん。

大した母性だ。

俺が弟でなければ、プロポーズしていたところだね。

「そうだな、ちょっと話を整理させて」

座布団に腰を下ろしながら、段取りを考える。

よし、アレでいこう。

「実は今までナイショにしていたんだけどさ、俺、小説書いてるんだよね」

「まぁ！　まぁまぁまぁ！」

姉さんがいつもの四割増しぐらいのテンションで、喜んでくれた。

罪悪感が半端ない。

「男子、三日会わざれば刮目《かつもく》して見よとはいいますが……立派になりましたね、キョウ君。『趣味？　強《し》いて言うなら、喧嘩《けんか》？』と口癖のように喧伝《けんでん》していたあの頃が嘘のようです」

「あはは、アリガトー」

また一つ、凶一郎《きょういちろう》の黒歴史が明らかになって死にたくなったが、どうにか持ちこたえて話を進める。

「遠い昔、とてつもないほど、遠くの銀河系で」

「ふむふむ」

「――こうして満を持して実行された銀河大作戦中に、ギャラクシー・ビーングと呼ばれる怪物が現れて、」

「まぁ！」

「――そこからネビュラ・マルチバースに連なる『嗤《わら》い蝙蝠《こうもり》』にリヴェンジを決める為に」

「そんなことが！」

現実の出来事と乖離《かいり》させる為に、スペースオペラ風のツギハギ小説をでっち上げたのだが、これが思いの外盛り上がってしまったせいで、本題に辿り着くまでに多大な時間を要《よう》してしまい、気づけば外はすっかり茜色《あかねいろ》に染まっていた。

「つまりキョウ君は、本来の歴史で重要な役割を果たすとされているハラグーロ将軍を、エウロペ姫救出作戦に加えて良いものか迷っているのですね」

「そうなんだ」

ふむふむ、と小刻みに頷《うなず》きながら、真っ黒に書き込まれたメモ帳を見返す姉さん。

俺が思いつきで喋った与太話をこんな真面目に記録してくれるような天使は、三千世界広しといえども、このお方をおいて他にいないだろう。

一生をかけて幸せにしよう。

ちなみにハラグーロ将軍がシラードさんで、エウロペ姫がユピテルだ。

名前に他意はないよ、全くね。

「であれば、話は簡単です。是非ハラグーロ将軍にもついて来てもらいましょう！」

「えぇー……」

そんなアッサリと……。

「でもさ、姉さん。ハラグーロ将軍にもしものことがあったら、タイムパラドックス的なアレが発生するかもだし、未来からやってきた主人公は、彼を尊敬しているんだ」

「しかし主人公のチン・ピーラ君と相棒のマスター・プロメテウス・サイコさんのコンビだけでは、暗黒怪獣ゼウスオメガの打倒に不安が残る、そうですよね？」

「……うん」

なんだ、チン・ピーラって。

もう少しカッコいい名前にすれば良かった。

「であれば、戦力増強と、ここまで事態を悪化させた責任を取らせる為に、ハラグーロ将軍をこき使ってやりましょう。国を守る為とはいえ、年端もいかないエウロペ姫を放逐した張本人がノコノコと味方面して現れやがったのです、一番、大変な役目を押しつけて、馬車馬のように働かせても、バチは当たりません！」

姉さんにしては、かなりアグレッシブな意見である。

「タイムパラドックスとかは……？」

「この作品には、歴史の矯正力がないという設定でしたよね？」

「うん」

もしかしたらあるのかもしれないが、アルの解放や遥《はるか》の救出成功を鑑《かんが》みるにその可能性は薄い。

「となれば、キョウ君が案じるように、万が一のリスクは当然あります」

「そうだよね」

「しかしそんなものは、戦いの参加者全員が背負っているはずです。結果の分からない未来に挑むというのはそういうことでしょう？」

むぅ。

返す言葉が見つからない。

まさに人事を尽くして天命をなんとやらだ。

欲しい未来を獲得する為に全霊を尽くす、その覚悟が俺には足りなかったのかもしれない。

「後ですね、この主人公のチン・ピーラ君は、運命の反逆者を自称する割に、運命という言葉に囚われすぎている気がするんです」

「と、というと？」

コホン、と小さく咳払いし、人差し指を天井へと向けて持論を語る姉さん。

あぁ、マジで最高にかわ（以下略）

「〝この人は、将来の歴史に名を残す人物だから、面倒事に巻き込まないようにしよう〟という考え方は、とても秩序的です。お姉ちゃんも間違っているとは思いません。しかしこれは、裏を返せばそういう運命だから抗おうと捉えることも可能なわけです」

「あっ……」

姉さんの言葉に、少し納得してしまった自分がいた。

「なまじチン・ピーラ君は未来の出来事を知っているが故に慎重になっているのでしょうね、物分かりのいい子でお姉ちゃん的にはポイント高いです。しかしながら、その良識ある性格が災いして、せっかくの好機を『運命』という言葉を理由にしてふいにしようとしている節があります」

それはとてももったいないことです、と姉さんは言った。

「運命を否定しようとしている人間が、運命を理由に不利な選択肢を選ぼうとしている――」

そっかー、こりゃあ、盲点だったな」

「チン・ピーラ君の在り方はとても正しいと思います。けれど、自身の倫理観にこだわりすぎて、大切なものを守れなかった時、彼はきっと己自身を憎悪するでしょう。そんな悲しい結末は、お姉ちゃんいやです」

「だよね。俺も、結末は明るい方がいい」

そうさ。

俺が求めているのは完全無欠のハッピーエンドであって、原作再現ではない。

もちろん、恣意《しい》的に世界を掻き乱そうだなんてこれっぽっちも考えちゃいないが、だからといってお行儀よく秩序を守るだけのベビーフェイスになるつもりも毛頭ない。

未来の英雄が力を貸してくれるというのなら、その英雄を守り切る覚悟で手を取ればいいんだ。

「ありがとう、姉さん。お陰でアイディアがまとまったよ」

「力になれて良かったです。小説が完成したら、是非お姉ちゃんにも見せて下さいね」

春風のような優しい笑顔に癒《いや》されながら、俺は「いつかね」と約束をした。

◆

そしてその日の夜、俺は早速、シラードさんに連絡を入れた。

「そうか、嬉しいよキョウイチロウ。これで私も晴れて君達の仲間というわけだ」

ケラウノス戦限定とはいえ、あのジェームズ・シラードと肩を並べて戦える。白状すれば、その時の俺は少しだけ昂揚《こうよう》していたのだ。不謹慎ながらも、オタク心がときめいてしまったのである。

「私達は晴れて同盟者となった」

「はい。不束者《ふつつかもの》ですが、よろしくお願いします」

けれども

「うむ。————であればキョウイチロウ、私もいよいよもって正直に打ち明けなければならなくなった。……本当は、〝調伏の儀〟の際に本人にだけ伝えるつもりだったのだがな。私の独断で、君にも伝えることにした」

その興奮は、幼稚な闘争心は

「ユピテルの、記憶についてだ」

瞬く間の内に

「単刀直入に結論から言おう。ユピテルの記憶は、ケラウノスによって奪われている。恐らくは、そういう契約なのだ」

凍りついてしまった。

〝あなたはだぁれ？〟

いつか彼女が言っていた台詞を思い出す。

あなたは、だぁれ？

■ユピテルのしあわせ日記5

◆◆◆清水《しみず》家・ユピテル

キョウイチロウ達の準備が終わろうとしている。

『ケラウノス』を倒す為の準備。

それはつまり、ワタシのお休みがおしまいを迎えようとしているという意味でもある。

この数週間、とっても楽しかった。『ケラウノス』のいない生活は、不思議とドキドキでいっぱいで、みんな優しくしてくれて、すごくすごく幸せだった。

ワタシのこれまでの人生において、これほど自由でいられた瞬間なんてない。

いつも誰かの顔色を窺ってた。

誰も怒らせないように、ワタシ自身すらも怒らないように、ずっと感情を押し殺してきて――――それが、それがね。キョウイチロウ達と一緒にいると、ちょっとだけ違うの。

『ケラウノス』が眠っているからなのかな、前よりも少しだけ生きているのが楽になった……気がする。

ご飯を食べる時、ちょっとだけおしゃべり出来るようになった。

ゲームで負けるとちゃんと悔しがれるようになった。

そして少しだけワガママを覚えた。

怖いけど、嫌われたらやだなって思うけど、それでもやりたいこと、食べたいもの、したくないこと、ちょっとだけ言えるようになった。

みんなのお陰で、この『初めての休日』は、本当にピカピカしていた。

それがいけなかった。ワタシは、ワタシの分際で幸せになろうとした。

自分の犯した罪を忘れて、人間であろうとした。

だからバチが当たったんだと思う。

当たったというか、来たんだ。

ワタシにとっての罪であり、ワタシを罰する為に来たその人の名前は――――

◆

「失礼致します」

その人は、昼下がりにやって来た。雨が降ってる時にやって来た。『ケラウノス』との戦いを二日後に控えた大事な時期にやって来た。

傘をさして、メイド服に身を包み、正々堂々折り目正しく玄関のチャイムを鳴らして、「お届けものに参りました」って。

「あ――――」

そしてワタシは、彼女の、〝燃える氷剣〟クランマスター筆頭秘書官の、そしてワタシの元お世話係だった彼女と再会を

「……お久しぶりですね、ユピテル」

「エ、リザ」

再会を果たしたのだ。

エリザ・ウィスパーダ。

ワタシとおんなじ髪色で、おんなじ眼《め》の色をした綺麗だった女性。

ううん。彼女は今でも綺麗なままだ。ただ、顔の上右半分が仮面とヴェールで覆われているだけ。

そしてその仮面の中に〝在るもの〟は

「あっ、あっ」

気がついたらワタシの頭は真っ白になっていた。

エリザ……エリザは、ワタシにとっても良くしてくれていた。

確かに厳しかった。

ルールに厳格で、ワタシと『ケラウノス』が暴走しないようにいつも見守っていた記憶が――

『今日からあなたのお勉強係を務めることになりました。エリザ・ウィスパーダです。コラ。そん

な嫌な顔をしても無駄ですよ。あなたがちゃんと皇国語をマスター出来るようになるまで、毎日とことんお付き合い致しますから、そのつもりでいてくださいね』

記憶《おもいで》が、あったはずだったのに。

『ユピテル。これが本日お薦めのギャルゲーです。これならば、無用なストレスを感じずに楽しむことが出来るでしょう。この私エリザが太鼓判を押します。さぁ、一緒に遊びましょう』

思い出す。

エリザが厳しかったけど、優しい人だったことを。

『また、あなたはジャガイモばかり食べて。目を離すとすぐに偏食に走るんだから、もう』

思い出す。

『どうですか、ユピテル。我らが〝燃える氷剣〟が誇る花園は。今日は私とあなたの二人だけで貸し切りですよ』

あの〝花園〟で一緒にお花を植えたこと。

彼女がワタシにいっぱいお世話を焼いてくれたこと。

『母親みたい？　失敬な、私はそんなにおばさんではありません。年齢差を考慮するのであれば、姉という表現が的確です。良いですか、お姉さんですよ、お姉さん』

ギャルゲーを教えてくれたのもエリザだ。ワタシにこの街の常識を教えてくれたのもエリザだ。

お勉強をみてくれた。冒険の時、いっぱいサポートもしてくれた。ワタシの感情が不安定になった時は、いつも真っ先に駆けつけてくれた。

「あっ、あぁ……あぁぁああ」


……そうだ。忘れちゃいけない思い出があった。とてもいっぱいあった。

ワタシがあそこにいた時間の数々は、確かに不自由なことも沢山あったけれど、それでもワタシは彼女――――違う、彼女だけじゃない。ワタシはみんなに良くしてもらっていたんだ。

なのに、なんでだろう？　ワタシはなんで〝燃える氷剣〟で過ごした【楽しかった思い出】を忘れていたんだろう？

疎む人がいた。嫌う人がいた。恐れる人もいた。

だけど、みんながそんなだったら、ワタシはとっくの昔に追い出されていたはずなんだ。

エリザを見る。

右目から上をヴェールで覆った美しい人。

でも、本当は、昔は、エリザはそんなものつけてなくて、そんなものをつける必要もなくて、ワタシが、ワタシのせいで
「ユピテル？」

「――――っつ！」

玄関の戸を開ける。靴をはいて、傘に手を……かけず、一目散に風雨の中を駆け抜けた。

雨粒が目に入る。ラッキーだ。これならワタシの色んな気持ちが隠せるから。

風が冷たい。身体の中に天の恵みがざぁざぁ入ってくる。

あぁ、いっそ。このままワタシの全てが流されてしまえばいいのに、と願っていたら
「ばか、お前何やってんだよ」

あっさりと、キョウイチロウに捕まった。

■第六話　雨

◆◆◆清水《しみず》凶一郎《きょういちろう》

ダンマギのグランドルートにおいて、ユピテルはシラードさん達のことを不明瞭な存在として語っていた。

名前を呼ばず、けれど何故か彼らを見ていると苛《いら》つくとそんな風に話していたんだ。

だけどその一方で、公式設定資料集には『かつて〝燃える氷剣〟に所属していた』という旨の記述もあって、これが界隈では少し波紋、というか考察の対象になっていた。

つまり、原作のユピテルは【かつて、〝燃える氷剣〟に所属していたにも関わらず、ジェームズ・シラードのことを忘れて】いたのだ。

原作軸の彼女は、シラードさんのことを最後まで〝ジェームズ・シラード〟だと認識してはいなかった。

一方のシラードさん側も、決して多くを語らなかった。

倒れたエリザさんに視線を注ぎながらただ「すまない」と、そして狂った笑い声を上げるユピテルに向けて「だが、私は責任を果たさなければならない」と、それだけ言っておしまいさ。

……まぁな。そりゃあ、人間だもの。昔の上司との思い出を綺麗さっぱり忘れることだってあるだろうさ。

だけど俺は当時思ったんだよ。

彼女がよくモノローグで語っていた〝ずっと一人だった〟という文言。

誰からも愛されず、過酷な目にあい、常に孤立していたその末に壊れてしまった哀れな狂戦士《バーサーカー》。

いや、待てよという話さ。

するっていうと何かい？　シラードさん達は、桜花に来たユピテルを徹底的に疎み続け、孤立させた挙げ句に最終的には無慈悲にも排斥《おいだ》したとそう言いたいのかい？

そりゃあ、無理筋だぜ。曲がりなりにもゲームにおける味方陣営兼ヒロインの一人が在籍していたクランだぞ？　異国民の相互扶助組織という彼らの運営理念からしても、ユピテルみたいな少女を粗雑に扱うってのはそれこそ〝解釈違い〟も良いところさ。

思い出して、そして考えてもみてくれ。

俺達の知っているユピテルは、この国の言葉でちゃんと喋っている。冒険者としてのルールを覚えていて、日常生活にも支障はなく、そしてギャルゲーをこよなく愛している。

誰がそれらを教えた？　たった二年足らずの期間で彼女を一人立ち出来るように育てたのは一体誰だ？

ユピテルは語らない。

遥《はるか》が「ユピちゃん、皇国語じょうずだねー」と褒めても「がんばって勉強した」と鼻を鳴らすだけだ。

ギャルゲーにしてもそうさ。

ユピテルが不用意なストレスを溜めないように、過度な鬱ゲーやグロ系は禁止されていたそうなのだが、その毒見は誰がしていたっていうんだ？　ギャルゲーは良くも悪くも詐欺パッケージがそこかしこにある。可愛い制服の女の子が並んでいるゲームを買ってみたら、連続猟奇殺人事件の謎を追う本格アドベンチャーでしたなんてビックリ芸は、彼らにとってはお手の物だ。そんなものをまだ情緒の発達していないユピテルに渡してみ？　間違いなくケラウノスが暴走してボカンだぜ？

誰かが毒見をしなければならなかった。そしてその誰かは間違いなくギャルゲーと、そしてユピテルのことを理解していたのだ。

要するにさ、ユピテルはちゃんと愛されていたんだよ。

彼女に勉強を教えてくれる人がいて、彼女の趣味を応援してくれる人が少なくとも一人はいたんだ。

けれど、にも関わらずユピテルは自分がずっとひとりぼっちだったと思っている。思いこんでいる。

〝『ケラウノス』は、その力の代償としてユピテルの記憶を啜《すす》っている〟

恐らくは、ユピテルを自分だけに依存するよう仕向ける為に――――シラードさんが電話口で語ってくれた言葉だ。

俺はその事実を聞いて、色んなことに合点がいったよ。

そして同時に奴への怒りに打ち震えた。

記憶を奪うだって？　ユピテルから拠り所を奪って、自分だけに依存させることのどこが〝父性愛〟だっていうんだよ。

『厄介なのは、彼女が記憶を薄められているという自覚がないということだ。推測だが、奴は真っ先に〝契約を交わした〟という記憶を奪ったのだろう。覚えていなければ抵抗のしようもない。だから』

ユピテルは、自分でも知らない内に大切な思い出をケラウノスに奪われ続けてきたのだ。

楽しかった思い出も、確かにあったはずの恩義も、力を使う度に、少しずつ削られていき、そして

『我々がそれに気づいた時には、既に彼女は引き返せないところまで来ていたのだ』

ある事故が起こった。

ダンジョンの攻略中に起こった事故だ。

ユピテルが敵に襲われて、その恐怖心から『ケラウノス』を呼び起こし、黒雷の獣が暴虐の限りを尽くしたのだ。

その破壊衝動は留《とど》まることを知らず、奴はユピテルの恩人である彼女の顔に癒えない傷を負わせた。

そして、後になってそのことを知ったユピテルは三日三晩泣き崩れた。

深く、深く何度も悔悟の念を叫び続けたのだそうだ。

彼女専用の檻《へや》の中で、滅多な気を起こさないようにと拘束具を嵌《は》められた状態にありながらも、彼女は声を嗄《か》らすまで――いいや、嗄らした後も音《こえ》をずっと、鳴らしていたそうだ。

それはきっとごめんなさいだった。

それはきっと死にたいだった。

檻の中を黒雷が駆け抜けたという。

栄養の投与には、クランマスターであるシラードさん自らが赴かなければならなかったそうだ。

そして、四日目の朝、ようやく彼女の精神が落ち着きを取り戻し、シラードさんが「四日前のことを覚えているかい」と聞いた時

〝エリザって……だれ？〟

彼女は、傷つけてしまった恩人のことを忘れていた。

『最初は、彼女を傷つけてしまったトラウマから健忘症状を引き起こしたのだと思っていたのだがね』

しかし、奇妙なことに当のエリザさんと顔を合わせ、しばらく話をさせてみるとユピテルは見る見るうちに記憶を取り戻していき、そして再び

『暴走が起こったんだ』

罪悪感と後悔から『ケラウノス』を呼び起こし、それが収まった頃にはまた彼女を忘れている。

『ケラウノスの記憶消去は消しゴムのように彼女の思い出を奪っているわけではないのだろう。復元は可能だ。きっかけさえあれば取り戻すことも出来る』

だが、ユピテルがエリザさんのことを思い出せばその度に彼女は自分を責め、『ケラウノス』が出現し、そしてまた彼女のことを忘れてしまう。

『これが正真正銘混じり気なしの理由だよ。私はクランマスターとして、そしてユピテルの友として、彼女を〝燃える冰剣〟に留まらせておくわけにはいかなくなった』

歪んでる。腐ってる。絶対に許せない。あいつだけは必ず俺の手で調伏《わからせ》る。徹底的に、完膚なきまでにその牙を折り、二度と人間様に迷惑をかけないように腸《はらわた》を全て引きずり出してやる。

俺が瞋恚《しんい》の炎を限界まで滾《たぎ》らせ、あのゴミカス雷親父《モンペ》の誅滅《ちゅうめつ》を改めて誓ったその時に
『だがな、キョウイチロウ。君達があの獣を一時的とはいえ眠らせたことで〝我々の悲劇〟は、輝かしい活路へと変わったように思う』

シラードさんが言ったのだ。

『少しで良い。エリザとユピテルを会わせてやってくれ。心配ないさ。君達という家族《なかま》に支えられた今の彼女ならば、きっと忘れた過去とも向き合える』

◆清水《しみず》家・居間

しかしながらその日、結局ユピテルとエリザさんが口を開き合うことはなかった。

というか、俺が勝手に止めたのだ。

だって無理だろ。エリザさんの顔を見た途端に血相変えて大雨の中へと飛び出していったあいつ

を無理やり抑えつけて話をさせるだなんて。
ユピテルが極度の運動音痴だったから良かったものの、もしも彼女に遥《はるか》並みの敏捷性《アジリティ》があったらと思うと、背筋が凍りついてしょうがねぇよ。
とっ捕まえたユピテルのケアを姉さんとアルに任せた俺は、すぐに居間へと向かい客人に不手際を詫《わ》びた。
「お気になさらず。ご主人様も私も、恐らくはそうなるであろうと踏んでおりましたから」
畳部屋でお茶に口をつける銀髪赤目の洋風メイドさん。
情報量があまりにも多すぎて困惑しそうになったが、何とか踏ん張り、俺は適度な詫びの言葉を交えつつ、エリザさんと情報交換を行った。
エリザさんは、その怜悧《クール》な外見とは裏腹にとてもよく喋る人だった。
ゲームの中だと割とイメージ通りに振る舞っていた彼女が、清流のように淑《しと》やかなお喋りに花を咲かせてくれたのは、それが過去《いま》で、話す内容がとても語りやすかったからなのだろう。
それは例えば、ユピテルと彼女が植えた花の話であり
あるいは、ユピテルがギャルゲーにハマったきっかけは彼女の影響だったという衝撃の事実であり
時には、あのおチビちゃんらしいおとぼけエピソードが繰り広げられ
時には、エリザさんのお茶目な部分が垣間《かいま》見《み》え
そして最終的に話は、彼女の右目について触れることとなった。

当時のことを彼女は、淡々とした口調で話す。

何度聞いても胸が詰まる特級の胸糞《むなくそ》話を、顔色一つ変えずにエリザさんは語り終えた。

――それでも一度だけ、彼女の瞳が小さく揺らいだんだ。

それは自分の顔に癒えない傷が残ったことでも、更にはユピテルがエリザさんのことを忘れたことですらなくて

「今でも、耳に残っています。彼女が雷を通さぬ軟禁部屋《セーフティルーム》の中で何度も私に謝るあの声音が」

きっと、それこそがこの人の優しさで、気高さで、美しさで、そしてユピテルに対する本音《きもち》だったんだろう。

「凶一郎《きょういちろう》様、こちらをお受け取りください」

そうして最後に、彼女は俺に手の平サイズの木箱を渡して清水《しみず》家を去って行った。

「然《しか》るべき時に、中の物をお使いください」

「分かりました」

エリザさんは、一度も「ユピテルを頼む」とは言わなかった。

俺も「がんばります」とは言わなかった。

世の中にはわざわざ言葉にする必要もないほど〝当たり前〟なことってのがある。

人間は水と空気がなければ生きていけないとか。

夜の後には必ず朝がやってくるとか、そういうやつだ。

俺達にとって、ソレはまさしく自明の理《そういうもの》だったのだ。

◆古寂びた神社・境内

明けて翌日。作戦の決行を目前に控えたその日、俺はユピテルを連れていつもの神社へと足を運んだ。

生憎《あいにく》と外は小雨《こさめ》がぱらぱらと降っていた為、傘とカッパに身を包む必要があったが、なにこれも風流だ、たまにはこういう景色も悪くはないさ――――などとはこれっぽっちも思わない。

俺は雨が嫌いだ。

この世で嫌いなものの五指には入る程度には大嫌いだ。

その音、水分、臭い匂いに存在が邪魔な癖に天の恵み《必要悪》ぶっているところまで、何から何まで全てが気に食わない。

だから必然的にこの季節も嫌いだ。

六月。梅雨に染まった紫陽花の季節。

「キョウイチロウ……ピリピリ……してる？」

神社の境内にユピテルの声が響く。僅かな戸惑いと、ほんのりとした強張《こわば》り。俺は彼女に気を遣わせてしまった己を恥じながら、努めて明るい声を発した。

「あぁ、悪い。俺、雨が嫌いなんだよ」

老若男女誰もが参加できる天気の話。これならば話を広げやすいだろうという俺のチョイスは果たして当たり、ユピテルが同調を示すようにこっくりと頷いた。

「ワタシも、あんまり雨は、好きくない」

「存在全てが不愉快な癖に、惑星の営みに不可欠だからって理由で見逃されている感じが卑怯《ひきょう》だよな」

「……そんな、ワールドワイドな話じゃない」

黄色いレインコートに身を包んだまん丸の妖精さんが、ジト目でこちらを睨んでくる。しまった。殺意をばら撒《ま》きすぎたか。

「雨が降ると、雷が鳴る……それが、いや」

パタパタと、軒下で足をばたつかせながら言い放つ銀髪の少女。

雷が鳴るからいや、か。

「雷は必ずなにかを傷つける。アレが落ちるたび、星のどこかが傷ついていく。雨は恵みをもたらすけど、雷は壊すだけ……最悪」

「それは自虐か」

「うん」

迷うことなく少女は首を振った。

望まぬ力を植え付けられて、その力に振りまわされてきたユピテルにとって、雷とはまさに加害者の象徴なのだろう。

彼女の声を聞いた俺の心にニョキっと反論したい欲求が湧きあがる。

――――なぁ、ユピテルよ。実は雷って、お星様的にはプラスの効能があったりするんだぜ？　雷によって刺激を与えられた空気が、雨と一緒に流れて大地を豊かにするんだよ。絶対雨ぶっ殺すマンの俺が言っても説得力がないから口には出さないけどよ、どんなものにだってそれなりにマシな部分ってのがあったりするんだ。

だからさ、そんなに雷を嫌って――――とそこまで思索に耽ったところで、俺はその行為を止めた。

やはり黙っておこう。こんなところでうんちくを垂れたところで、場の空気が温まるとは思えない。沈黙は金なりというやつだ。

「…………………」

「…………………」

ぽつり、ぽつりとそぼ降る雨。

優しくなくて、悲しい世界に唄う歌などあるはずもなく、俺達は、しばらくの間、ボーっと嫌いな雨を眺め続けた。

「どうだった、この二週間」

何気ない風を装いながら、聞いてみる。

答えはすぐに返って来た。

「ユメみたいに楽しかったよ」

淡々と、けれど淀《よど》みなく、確かな熱を帯びた、力強い声。雨音を越えて響き渡る少女の音が、真昼の境内に響き渡る。

「フミカがご飯作ってくれた。アル姉が遊んでくれた。ハルカが優しくしてくれた。キョウイチロウが元気づけてくれた。……あの家では、ワタシは普通の子でいられた」

それがたまらなく嬉しいのだと、ユピテルは噛みしめるように言った。

「誰も傷つけなくていい世界があんなにも楽しいなんて知らなかった。感情を押し殺さなくても許される日々がこんなにも温かいなんて分からなかった。……ワタシみたいな人間でも、生きていていいんだって初めて思えた」

「そっか……」

ならきっと、ウチに連れて来て正解だったのだろう。

半ば無理やり連れて来ちゃったからな、少し心配だったんだ。

「だけど」

目を伏せて、声を陰らせ、魂を絞り上げたかのように苦しそうな
「ワタシには、あんな風に幸せになる資格なんてなかったの」

その深い悔悟の理由を、俺は彼女に問わなければならなかった。

リーダーとして、友達として、そして家族としても。

「どうしてそう思う？」

長い沈黙があった。

幾つもの躊躇《ちゅうちょ》と、両手では数え切れないほどの中断があった。

「あのね、ワタシね」

それでもユピテルは答えてくれたのだ。

頑張って俺の問いかけに答えてくれたのだ。

自分が〝燃える氷剣〟に受け入れられていたこと。

楽しいことも、嬉しい日々も沢山あったのに、それをいつの間にか忘れ、どうしてだかずっとひとりぼっちだったと記憶違いを起こしていたこと。

そしてエリザさんのことも。

「エリザから聞いたんでしょ？　ワタシのこと」

「まぁ、事情については大体な――全く、酷いもんだよな。そういう事情があるってんなら最初から教えておいてくれれば良かったのに」

「そしたらきっと、キョウイチロウ達が尻込みしてたかもしれないから」

そんなことないぜ、と優しく否定してやるのは簡単だった。だけどユピテルが求めているのは、そういうことじゃなくて
「なぁ、ユピテル。お前さんの中には今どれくらいの思い出がある？」

「キョウイチロウ達とのことは、全部。エリザ達のことは頑張れば思い出せる。だけど、こっちに来る前のことは――実感がない」

ユピテル曰く、それは映像というよりは文字表現に近いものらしい。

実の両親に捨てられたこと、〝じせつ〟での日々、『ケラウノス』との出会い――そういうこ

とが起こったのだという認識だけはあるそうだ。

　だけどそこには何の実感も湧かなくて、まるで大して印象にも残らない三文小説のあらすじでも読んでいるような空虚さに支配されるのだと、少女は力なく呟《つぶや》いて
「ワタシ、はくじょうものなの。あんなに大事にしてくれたエリザのこと傷つけて、なのにそのことすら忘れて、のうのうとキョウイチロウ達に甘えてた」

「それは違うって」

「何も違わない。ワタシ、忘れてた。エリザのこと、みんなのこと、――――もしかしたら、いつかキョウイチロウ達のことだって」

　ユピテルの表情が固まる。まるで何かを思い出して絶望したかのように。そしてその何かっていうのは恐らく
〝……あなたはだぁれ？〟

「ワタシ、十五層で」

「……寝惚《ねぼ》けてただけさ」

　そう。寝惚けてただけ。だって現にあの時、ユピテルはすぐに俺が凶一郎《俺》だって気づいたじゃないか。

　だったら何も変わらない。目が覚めてちょっとボケてすぐに気がついた。語られるべきは結果であって経緯じゃない。そもそもそれが寝惚けてたのか〝忘れて〟たかなんて誰にも証明しようがないじゃんか。だから、だからさ。そんな辛そうな顔で思い悩まなくていいんだよ、ユピテル。お前

はちゃんと幸せになって良いんだ。

「無理だよ、ワタシみたいな薄情な人間が一人だけ幸せになるなんて。誰も、――――ううん。ワタシ自身が絶対に許せない」

嗚咽《おえつ》が漏れる。

鼻をすする音が聞こえる。

こんな時、遥《はるか》ならどんな風に応じただろうか。

泣き崩れるユピテルを優しく抱きしめて「大丈夫だよ」って……あぁ、あいつならきっとそうするだろう。小賢しい論理なんて用いなくても、蒼乃遥《あおのはるか》ならばそれだけで十分だ。言葉よりも雄弁な行動で、あいつはきっとユピテルを救う。

「あのな、ユピテル」

だけど不器用で不格好な俺には到底彼女のようにはいかないから
「これはさ、ここだけの話にしておいて欲しいんだけど」

だから俺は
「実はウチの姉さん、病気なんだ。それも結構重めなやつ」

行動ではなく言葉をもって示すのだ。

「え……？」

泣き声が止《や》み、空白が訪れる。銀髪の少女の方へ顔を向けると、ユピテルは意味が分からないとでも言いたげに何度も目を瞬《しばたた》かせていて

「うそ。だってフミカ、いつも元気でしっかりしてる」

「あぁ、うん。まぁ、そういう反応になるよな。……でもさ、本当なんだよユピテル。姉さんは清水文香《しみずふみか》は死に至る病に罹《かか》っているのだと、俺は言った。その源が『呪い』であることと、アルの正体だけは伏せて、後は包み隠さず余すことなく正直に。

「今のお前と一緒さ。アルの力で病気を抑えているから、元気でいられてる。だけど現代の医療じゃちょっと治すのが難しくてな。どこのお医者様もこぞって匙《さじ》を投げ出すくらいには、ヤバい病《やつ》なんだよ」

「じゃあ、アル姉の力が切れちゃったら」

「……あぁ」

そのたった一度の頷きで、色々察してくれたらしい。

良い子だ。そして本当に賢い。

「けどな、ユピテル。実はそんなに悪い話でもないんだよ」

「どうして？　フミカ危ないんでしょ？　びょーき、治らないんでしょ？」

「確かにお医者様はそう言ってる。だけど」

だけど希望はあるのだと、俺は伝えたかったのだ。

それは俺達姉弟にとっての希望でもあり、そして
「信頼できる情報筋からの提供《タレコミ》なんだけどな、『常闇』の奥に万能快癒薬《エリクサー》があるらしいんだ」

万能快癒薬《エリクサー》。それは、あらゆる傷や呪い、病をたちどころに癒す人智《じんち》を超越した万能の霊薬。そ

してそいつがあれば
「そいつがあれば、姉さんは今度こそ本当の自由と健康を取り戻すことが出来る。……オレはさ、姉さんさえ元気でいてくれれば、それでいいんだ」

だからさユピテル、お前はまだ
「残った万能快癒薬《エリクサー》は、お前が使って良い」

ちゃんとやり直せるんだよ。

「……治るの？」

俺は彼女の言葉に頷いた。

「エリザのお顔、また元通りに治るの？」

再び頷くと、何故だか鼻の奥がツンとなった。

「そしたら、……そしたらエリザ、またワタシと……ひっく、ワタシと一緒に、お花植えてくれるかなぁ」

三度目はもうダメだった。

視界が滲《にじ》んで、頭がかぁっと熱くなって、もう何がなんだかよく分からない。

……あぁ、もう。だから嫌なんだ雨ってのは。一度降りだすと中々止まらなくって、うざったくてしょうがない。

雨が降る。内と外とで両方だ。

雨が降る。彼女と俺とで二人分の大雨だ。

雨が降る。雨が降る。雨が、降る。

◆

それから俺達は少しだけ時間を置いた。空模様が少しずつ変化を見せ、雨脚は勢いを失いつつある。雨の匂いも大分和らいできた。灰色の雲が散り散りとなり、まるで天の汚れが取れたかのように、世界が明るく華やいで

「明日、俺達はダンジョンに入る」

その頃合いを俺は見逃さなかった。ただ天気が良くなること、これが中々どうして馬鹿に出来ない。

差し込む光、温まる空気、分泌されたセロトニンが心と体を落ち着けてくれる。

「うん」

ユピテルは頷いた。こっくりと、すっかりいつも通りの緩慢《かんまん》さで。

「そこで『ケラウノス』と決着《ケリ》をつける」

「……うん」

「きっと、辛い戦いになると思う。苦しい想いも沢山するかもしれない」

言葉は返って来ない。そうだよな。怖いよな。逃げたいんだよな。分かるよ、お前の気持ちは。

だけどな、ユピテルよ。大丈夫なんだ。今のお前には、しっかりとした支えがちゃんとある。

「もしも辛いなって思ったり、無理かなって諦めそうになったら、その時は、楽しかった記憶を思い返してみればいい」

「楽しかった……記憶？」

「あぁ。面白いゲームに出会えたとか、美味しいモノ食ったとか、ピックアップに困ったらウチで過ごした思い出に浸《ひた》るだけでもいい。回想シーンを挟んで覚醒からの大勝利は、燃えゲーの基本だろ？」

「でも、ワタシ忘れちゃうかもしれない」

不安そうに少女の赤目が揺らめく。

あぁ、確かに。その指摘はごもっともだ。『ケラウノス』は顕現の対価として、あるいはお前の心を折る為に、俺達の大切な思い出を汚そうとしてくるかもしれない。

しかし、奪うだけならば何も問題はない。

消えているわけじゃない。壊されたわけじゃない。奪われただけだ。そして彼女は昨日、それを自分で取り返した。

「エリザさんのこと、ちゃんと思い出せただろ？　俺達のことだってすぐに思い出せた。だから大丈夫だよ、ユピテル。俺達はお前の中から消えたりしない」

それに、ちゃんと対策も考えてあるしな。万が一の時の為のお守りだって用意したし。

「こいつを渡しておくよ」

俺は唐草模様の巾着袋《きんちゃくぶくろ》を少女の手に乗せる。かなり大きめのサイズで、ついでにずっしりと重い。

「……なぁに、これ？」

「お守りさ。色んな意味でな。もしもどうしようもないほど辛くなったらこいつを開けてみるといい。中の物がきっとお前の力になってくれるはずだ」

「ありがとう」

素直に受け取ってくれた少女に向けて、良いってことよと微笑み返し

「後、もう一個アドバイス。雷親父がなんかガミガミ言ってきたら、股間におもいっきりパンチしてやれ。大抵のオスは、それで黙る」

そしてもう一つにしてとっておきの助言を、ユピテルに伝えた。

うん、そうね。下品ね。だけどやっぱり、これが一番効くんだよ。

常日頃から邪神に男のシンボルを蹴られ続けている俺が言うんだから間違いない。

オスの弱点は、股間にある。

「出来るかな、ワタシに……」

「出来るさ、お前なら――――あっ、」

空を覆っていた汚い雨雲達が、遠くの方へと逃げていく。

邪魔なフィルターが退《の》いたお陰で、桜花の街に暖かい太陽の日差しが降り注ぎ、街全体がプリズム色に反射する。

「……スゴい」

隣から聞こえてくる小さな小さな感嘆符。

「絶景だろ。街の住人もほとんど知らない穴場スポットなんだよ、ここ」

晴れた日差しに輝く街並み。

大樹とビルが立ち並ぶ幻想的な風景。

神社から見渡す桜花の街の景色は、いつ眺めても飽きがこない。

おまけに今日は、とっておきのおまけつきだ。

「……虹」

七色に輝く天のかけ橋が、蒼色のキャンバスに鮮明に映っている。

こんなにクリアな虹なんて早々拝めるもんじゃない。

ったく、クソ雨の癖に、上等な置き土産を残すじゃんか。

「雨は雷も呼ぶけど虹も呼ぶ――なんか上手く出来てるよな」

「……本当に、そう、だね」

不要になった雨ガッパを被りながら、二人並んで虹の彼方《かなた》を見続ける。

「勝とうな」

「うん」

小さくコツンと突き合わせた少女の握り拳は、雨の水滴が垂れていて、まだちょっと冷たかった。

■第七話　決戦

そして翌日、俺達はダンジョン『常闇』へと乗り出した。

まずは入口から五層の中間点へと転移。

そこから借り家へと向かい、マスクとサングラスと目だし帽といういかにもな変装をほどこしたシラードさんと合流し、臨時パーティーを結成した。

手続きは、ここに来る前に済ませてあるから、この冒険中に限りジェームズ・シラードは正式に俺達のパーティーメンバーとなったわけだ。

「よろしく頼むよ、リーダー殿」

ハッハッハと軽やかに笑うシラードさんは、今日も今日とて全くぶれない。

いや、アンタがリーダーやれよ。

「生憎、その役割は、普段嫌というほどこなしているものでね。たまには気軽に駒として動きたいものなのだよ！」

誠に業腹《ごうはら》だが、その気持ちは痛いほど分かってしまった。

指示役って神経使うんだよ、マジで。

「それに客将の私が出しゃばった真似《まね》を働くと、君のところのレディ達が怒りそうだからね」

そういうものなのだろうか。

試しに遥《はるか》さんに尋ねてみると
「絶対に、イヤ☆」

と笑顔で返されてしまった。

目元が据わっていた気がするが、きっと錯覚だろう。そう信じたい。

とまぁ、そんな感じで臨時パーティーを結成した俺達が向かった先は第十層である。

九層以下は、他の冒険者がいるし、十一層以降は、他の敵に乱入される恐れがある（まぁ、これはどの層にも言えることなのだが）。

中間点で派手に暴れるわけにもいかず、十五層のカマク再現体は色々とめんどくさい。

五層の悪鬼と白鬼も候補に挙がったが、あそこはステージが全体的に暗く、身動きが取りづらいとの理由で却下となった。

そういうわけで、半ば消去法気味な方法で決まった決戦ステージ第十層。

……いや、消去法なんて言い方は失礼だな。十層ならではの利点ももちろんある。あそこならば、あの丁度いい狭さがあれば、ケラウノスの身動きをある程度こちら側でコントロールすることが出来るのだから。

巨体故の弱点ってやつを十層ならば、容易につくことが出来る。だからやっぱり、十層こそが最適なのだ。

「移動は私に任せてくれ」

そう言ってシラードさんが出してくれたのは、なんとビックリ、鷲獅子《グリフォン》である。

乗り物《マウント》タイプの天啓《レガリア》である巨大グリフォンに乗って快適な空の旅を満喫した俺達は、あっという間に十層へと辿り着いた。

いいなぁ、グリフォン。

乗り物タイプって、かなりレアなんだよ。

機会があれば俺も、専用の乗り物を取りたいもんだ。

「ていうか、これ使って遠くから俺達を狙撃し続けてれば、あの時圧勝できたのでは？」

「ハッハッハッ！　それは野暮というものさ！」

まぁ、糞ムーブかまして圧倒したところで、あの時のシラードさんの目的は叶わなかっただろうしな。

さておき。

チートを使って爆速で十層まで辿り着いた俺達は、そのまま三度目の〝死魔〟戦に臨んだのである。

◆ダンジョン都市桜花・第三百三十六番ダンジョン『常闇』第十層

「いやぁ、ケダモノ！」

「お手軽カット野菜！」

棺桶《かんおけ》だらけの部屋に響き渡る断末魔の叫び。

厨二《ちゅうに》ミイラの再現体が、今日も今日とて斬殺されたのだ。

拘束プレイから解放された俺は、きらきらと光の粒子となって消えゆく〝死魔〟の再現体に、僅かながらの感謝の想いを綴《つづ》った。

いつもさっさと退場してくれてありがとう。本当に感謝しているよ。南無三。

……まぁ、余興はこの辺でいいだろう。

さっさとメインディッシュに移らねば。

「さて、邪魔者も追っ払ったことだし、早速おっぱじめるとするか」

出来るだけ軽やかに。

まるで、大したことのないようなテンションで言い放つ。

「ユピテル、準備は出来てるか？」

「ちゃんと持った」

首に巻きつけた巾着袋を掲げる銀髪の少女。

中からはジャラジャラと金属が擦《こす》れる音が聞こえてくる。

「そいつが今回の鍵だ。肌身離さず持ってろよ」

「うん」

こっくりと緩慢な動作で頷くツインテール。

一つ一つの動作が鈍い。

いつにも増して口数が少ないし、やはり緊張しているのだろうか。

「なぁ、ユピテル。体調が悪いんなら、少し休んで────」

「だい、じょうぶ。ワタシは、逃げない。みんなと、一緒に、戦う」

たどたどしい口調で、けれどもはっきりと戦う意志を表明するユピテル。

ったく、一丁前なこと言いやがって。かっこいいじゃねぇか。

「分かった。じゃあ、遠慮なく始めるぞ。……遥《はるか》」

合図と共に『蒼穹』を携えた恒星系がユピテルの前に出ていく。

「……ごめんね、ユピちゃん」

気乗りしない面持ちで詫びを入れた遥《はるか》は、そのまま『蒼穹』を振り下ろし

「────あっ」

ユピテルの喉笛を切り裂いた。

ひゅっという小気味よい風切り音と共に、蒼乃《あおの》の秘剣が虚空を舞う。

一瞬、その場にいる誰もが少女の死を想起した。

打ち合わせ通りの寸止め《ハッタリ》だと分かっていても、脳を誤認させてしまうほどの迫力が、その刃にはあった。

殺人と見まごうばかりの活人剣術が、ユピテルの心に「斬られた」という認識を植え付ける。

歪む認知。

僅かながらの動揺と、思考の空白。

ざわめきが起こる。

衝撃が心を打つ。

そして――――。

「AWOOOOOOOOOOOOOOOOOOOOOOOOOOOOOOOOOOOOOOOOOOOOOOOOOOOOOOOOOOOOOOOOOOOOOOOOOOOOOO!!!」

そしてヤツは、顕現した。

迸《ほとばし》る黒雷。

形成されていく獣の肢体。

愛しい娘を守る為に怒りの雄たけびを上げた父性の化身は、自らが持つ凄《すさ》まじいエネルギーでユピテルを包みこみ、己が肉体へと取り込んだ。

一見すると十五層の焼き直し。

けれども、あの時とは決定的に違うことが一つだけ。

「無差別な破壊対象から、駆逐すべき下手人として認めたようだな。そうさ、俺達はお前の敵だ、『ケラウノス』！」

明確に俺達を敵とみなした雷親父《モンペ》が、ヒステリックに喚《わめ》き散《ち》らす。

「上等だ、雷親父。ここで会ったが百年目、四足動物風情が人間様に楯突《たてつ》いたらどうなるか、きっちりかっちり分からせてやらぁあああああああああああああああああああああっ！」

大一番が、始まる。

■第八話　秘策

◆ダンジョン都市桜花・第三百三十六番ダンジョン『常闇』第十層

「AWOOOOOOOOOOOOOOOOOOOOOOOOOOOOOOOOOOOOOOOOOOOOOOOOOOOOOOOOOOOOOOOOOOOOOOOOOOOOOOOOOOOOOOOOOOOOOOOOOOOOOO!!!」

棺桶まみれの空間に、現れた世界一迷惑な雷親父。

そのキレっぷりは、前回顕現時の比じゃないが、それはこちらも同じこと。

悪いな『ケラウノス』さんよ。

今回集まってもらったメンバーは、全員がお前に煮え湯を飲まされてきた連中ばかり。

つまり、全員、テメェをぶち殺したくて仕方がないのさ。

果たしてどちらが獲物で、どちらが狩人《かりゅうど》か、せいぜい父性本能まみれの頭で考えるこったなゴミめ。

「手筈《てはず》通りいきます。シラードさんは後方から熱術の掃射と前衛の援護を。口腔《こうこう》からの攻撃にだけ注意して下さい」

「承知した！」

「遥《はるか》は展開した『布都御魂《フツノミタマ》』で敵の『霊力経路《バイパス》』を断ち斬りつつ、俺と二人で波状攻撃。脚を中心に狙っていくぞ！」

「分かった！」

二人共、気力も準備も万全な模様。

よぅし。んじゃぁ一丁、やってやろうぜ、野郎とお嬢様！

「親父《おやじ》狩《が》りの幕開けじゃぁあああああああああああああああああっ！」

二重の《脚力強化《ストライド》》に、《思考加速《スピリタス》》、更には《腕力強化《アームズ》》まで追加した攻め寄りの敏捷《びんしょう》性重視構築で特攻をかける。

人の限界を超えたスピードで前へ、前へ。

《時間加速》などかけるまでもない。

今の俺は黒雷の獣よりも、はるかに速い。

「ひゃっはぁあああああああああああっ！」

精悍《シリアス》な掛け声を上げながら、大剣形態のエッケザックスを『ケラウノス』の右前脚へと振り下ろす。

鈍い斬撃音と共に、雷親父の前脚から黒色の霊力が漏れだした。

初撃は上々。さぁ、景気よく二発目もいきますかと意気込んだところで、周囲の霊力の異常に注意が向く。

研ぎ澄まされた霊覚が捉えたのは、三つの『噴出点』、スマートに狙撃でズドンってか？

「甘ぇよ。馬鹿が」

刹那、『ケラウノス』と『噴出点』を結んでいた三本の『霊力経路』が、飛燕《ひえん》のように舞う複製蒼穹の斬撃によって破断される。

左方で本体の蒼穹を振るう恒星系が、片手間に華のような笑みを浮かべてブイサインを送ってきた。

「サンキュー、遥《はるか》。いい仕事っぷりだ」

「任せんしゃい！」

本当に頼りになる相棒だ。

こいつと一緒ならどこまでもいけるという無敵の確信が、俺の殺《ヤ》る気に拍車をかける。

『噴出点』による狙撃は確かに厄介だ。

しかし、術者の近辺から直接撃つタイプのスキルとは違い、『噴出点』を動かして放つ遠隔操作型の至近狙撃は、長大な『霊力経路』を形成しなければならない。

イメージとしては長いホースと水を思い浮かべてくれ。

『噴出点』を利用した遠隔操作型の至近狙撃っていうのは、遠くからものすごい長いホースを使って水《スキル》を放出しているというわけさ。

そう、長いホース。

水の流れに指向性を与える、細くて長い霊力の器《うつわ》だ。

言うまでもなく『霊力経路《コイツ》』は遠隔操作型の至近狙撃の要。

つまり裏を返せば、狙うべき急所ってことになる。

だから狙うさ、当然！　当たり前だろう？

もちろん、腐っても神威型の作る『霊力経路』だ。

並大抵の得物じゃ歯が立たないだろう。

だが、生憎とウチの恒星系が握っている刀は特別製なもんでね。

エネルギーとか霊的なものにはめっぽう強いのさ。

つまり……。

「テメェのへなちょこな狙撃は役に立たねぇってことだよ、ヴァアアアアアアカッ！」

煽《あお》りを一発入れながら追加の振り下ろしと斬り上げの欲張りセットを押しつける。

抉《えぐ》られた右前脚は、霊力の再注入によってすぐさま回復していくが、関係ない。

再生能力持ちとの戦い方は、どこぞのロリコンストーカーとの決戦で履修済みだっての。

「おらぁあああああああああああっ！」

突撃、突撃、突撃。

全身の筋肉が攻めろ攻めろと唸《うな》りを上げる。

再生したければ、思う存分、すればいい。

その間、注意と霊力は再生箇所に向くわけだから、他の攻撃が通りやすくなる。

加えて、遥《はるか》の繰り出す斬撃は、エネルギータイプの再生能力を無力化するからな。

ぼやぼやしていると、足《あんよ》が足《た》らなくなるぜ、雷親父さんよぉ？

「AWOOOOOOOOOOOOOOOOOOOOOOOOOOOOO!」

状況の不利を理解したのだろう、半ば無理な体勢で旋回し、そのまま後方へと退却するケラウノス。

理想としては、はるか遠くの彼方《かなた》まで後退し、距離を取りたかったのだろうが、残念ながらそうは問屋が卸さない。

「ひゃっはははははぁあっ！　どうだ雷親父《モンペ》ェ？　こないだの十五層と比べてえらく狭いだろう？」

入口から出口までの距離はおよそ二百メートル強。

屋内としてはそれなりだが、トラック大の四足獣が全力で駆け回るには窮屈がすぎるってもんさ。

お前の戦闘スタイルはシューター寄りだからな。

さぞかし戦いづらかろう、『ケラウノス』さんよぉ。

「AH……WOOO……!」

だが、そんな地形的不利など知らぬとばかりに雷親父は、口腔に霊力を溜めていく。

追いつかれようと関係ない、近づいて来た羽虫を地形ごと破壊してやろう。

「んなこと考えてるんだろうが、見通しが緩すぎるぜ、くそ雷親父《モンペ》！」

俺と遥《はるか》は揃って右方壁面に移動する。

馬鹿が。

戦闘が始まってからこの方、テメェはどこのどなたをフリーにしてたか分かってんのか、あぁ？

「流石は私の見込んだ若人達だ。かくも果敢《かかん》に前衛の役割をこなす君達の姿を見せられては、私も滾るというものだ」

後方から伝わってくる圧倒的な霊力の奔流。

今まで虎視眈々《こしたんたん》と牙を研いでいたこちら側の鬼札《ジョーカー》が、ついにその本領を発揮する！

「黒雷の獣よ、貴様が犯した数多《あまた》の所業、この場で贖《あがな》ってもらうぞ！」

「AWOOOOOOOOOOOOOOOOOOOOOOOOOOOOOOOOOOOOOO
OOOOOOOOOOOOOOOOOOO!!!」

瞬間、十層全体が鳴動した。

閃光《せんこう》が走り、轟音《ごうおん》が鳴り、巨大な二つのエネルギーが衝突する。

入口の方角から放たれたのは、集束された瘴気の黒雷。

加減を知らない改造神威が巻き起こす破壊の暴虐は、進行方向にある遍《あまね》く存在を絶つべく進撃する。

片や出口の方向から爆《は》ぜたのは、巨大な渦状の熱光線。

美しい螺旋《らせん》を描きながら突き進む超高温の術式が、この場にいる唯一の敵を撃ち滅ぼさんと駆け抜けていく。

まさに怪獣同士の一大決戦。

見ごたえ抜群の一大スペクタクルが俺達の眼前で展開されていた。

「ねぇねぇ、凶さん」

「なんだね、遥《はるか》さん」

絶賛爆音バトル中なので、お互いに唇の動きを読み合いながらトークを広げる。

「今シラードさんが使ってる術ってさ、すごい強そうだけど普通の熱術だよね」

「だな」

確証はないが、恐らく蒼穹を上限までコピーした遥《はるか》なら問題なく撥《は》ね除《の》けられるレベルのスキルだろう。

「シラードさんのこと信用してないわけじゃないけどさ、大丈夫なのアレ？」

黒雷と真っ向から打ち合っている術のランクが低すぎやしないのかと、恒星系は疑問に思っているようである。

「問題ないよ」

むしろドンピシャといってもいい。

「【Rosso&Blu】級の大技なんて必要ないんだよ、今のアイツ相手ならね」

「んっ……あぁ、アレか！　作戦会議の時に話してたやつ！」

うむうむ、と首を縦に振る。

シラードさんと雷親父のせめぎ合いに変化が訪れたのは、その直後のことだった。

僅かに、だが確実にシラードさんが押し始めたのである。

「ハッハッハッ！　どうした獣よ、お前の全力はその程度かっ！」

「WOOOOOOOOOO————!」

一歩、また一歩。

先程まで拮抗《きっこう》状態にあった黒雷と熱線の趨勢が、秒を追うごとに一方の側へと傾いていく。

加減を知らぬ狂乱の神威と、加減を施した人間が発する砲撃の激突。

常識的に考えれば打ち勝つのは前者だろう。

だが、現実に起こっているのは、全く逆の結果だ。

勝っているのはシラードさん。

押し負けているのは『ケラウノス』である。

相性の差ではない。

シラードさんが優位に立っている理由は、あるいは雷親父が窮地に立たされている原因は、単純明快に出力差である。

今の『ケラウノス』では、術の打ち合いでシラードさんに勝つことは出来ない。

だって今のこいつは大幅に弱体化しているのだから。

単純な肉体強化の術式を施しただけの俺に追いつけないほどの敏捷性。

必殺術式未使用のシラードさんに上回られてしまう程度の出力。

歯がゆいよなぁ『ケラウノス』よ。

お前さんの真の実力はこんなものじゃない。

正真正銘グランドルートの中ボスを飾るに相応しい化物だよ、本来は。

だけどさぁ、黒雷の獣さんよ。

俺らの目的は腕試しじゃないんだわ。

テメェをボコって、完膚無きまでに分からせたいだけなんだよ。

正々堂々？　フェアプレイ？

なにそれ食えるの役立つの？

スポーツやってんじゃないんだぞ。

勝つ為なら毒でも糞でもなんでも撒き散らしてやるさ。

「雷の主神の名を持つ少女が、トロイの木馬《ウイルスのキャリア》っつーのは、中々笑えるジョークだろ？」

トロイの木馬。獅《し》子《し》身中《しんちゅう》の虫《むし》。

信じて取り込んだ愛娘が無感情ダブルピースでデバフばら撒くなんて、夢にも思わなんだ。

だが、残念。

お前の愛しい愛しいユピテルちゃんは、喜んでこの作戦に協力してくれたぜ？

『うわ……この変換率やべぇな。出力犠牲に耐性超アップじゃん。市販のスペック超えてるよ完全に』

脳裏に浮かび上がる『ラリ・ラリ』初来店時の光景。

ハートマークと唇を合わせたような看板を掲げるその店の名前は『マザーズミルク』。

ベビーキャップのじいさん店主が経営しているアクセサリーショップである。

あの店の主力商品は、各種属性耐性持ちのアクセサリーだ。

中でも各種変換系耐性付与型、つまり〝能力値《ステータス》を属性耐性に変換する〟タイプの装飾品は、界隈でもトップクラス。

高すぎる値段と、そもそもこの手のアイテムカテゴリーが不人気であることにさえ目を瞑れば、いつ天下を取ってもおかしくないほどの優良店なんだよ、あそこって（じいさんの赤ちゃん帽？あれは愛嬌《あいきょう》ってことにしとこうや）。

そう、属性耐性アップ系アクセサリーは需要が少ない。

理由は単純で、汎用性が低いからだ。

もちろん、中には対全属性用の超高耐性アクセサリーなどというぶっ壊れも存在するが、そんなものは例外で、大体の属性耐性持ちアクセサリーは特定の敵に対するメタ装備的な役割に徹していることが多いのだ。

要するに値段相応の活躍が難しいのさ、この手のアイテムってのは。

『マザーズミルク』のじいさんは、「なんでみんな買ってくれないんだろうねー」と暢気《のんき》な口調で嘆いていたが、言わずもがなというやつだ。

ただでさえ需要が低いのに、ステータスを犠牲に耐性を上げるなんて仕様のアクセサリーが流行るはずがないだろうに。

……いや、変態すぎるんだよ色々と。

しかしながら、馬鹿とハサミならぬ変態とデメリットも使いようである。

逆転の発想というやつさ。

ステータスを耐性に変換するというデメリットが気になるのならば、いっそそのことそのデメリット目的で使用すればいいんだよ。

例えば、主の能力値を参照して《顕現》した精霊にレジスト不可能なデバフをぶっかける、とかな？

術者のステータスと精霊の力は、似て非なるものでありながら、同時に切っても切り離せない関係にある。

俺とアルなんかが、いい例だ。

最強格の精霊の力を有しているというのに、俺が単体糞雑魚野郎に甘んじているのは、器となっている清水凶一郎《しみずきょういちろう》の素質がチュートリアルの中ボス級だからである。

精霊がこの世界に及ぼせる力の大きさが、契約した主の能力に依存する。

だから、幾ら強い精霊と契約したとしても、契約した本人の能力値が低ければ、相応なものに落ち着くってワケよ。

んでもって、この理屈は、契約者の力が後天的、もしくは外部の力によって変動した場合でも適用されるのさ。

強化《バフ》にしろ弱体化《デバフ》にしろ術者の霊的能力に変動があれば、行使できる力にも影響が現れる。

精霊を現世に呼び出す《顕現》、《召喚》系統のスキルも、術者という〝門〟を介して行われている以上、例外ではない。

ましてや、どこぞの父性愛こじらせた馬鹿親父は、娘可愛さに《同化》までして取り込んじまったからなぁ。

ユピテルに持たせた『マザーズミルク』製のステータス変換型アクセサリーの効果がガン決まっちまうのもしょうがないというか、ざまぁというか、気づいた時にはもう遅いって感じ？　兎に角俺は愉快で愉快でたまらんよ。

んっ？　一体いつそんなもの渡したのかって？

戦闘前に渡したあの巾着袋だよ。

あの中に、出力下げを中心とした多種多様な能力値下げ《デバフ》変換アイテムを詰め込んでおいたのさ。

結果はご覧の通り。

奴は通常スキル駆動の俺に不覚を取り、更には省エネ状態のシラードさんに正面突破を許している。

悔しいか？

気に食わないか？

みっともなく喚き散らして、情けねぇなぁ？

そうさ、そうだよ、その顔だ。

力しか取り柄のないお前が、他ならぬ愛娘の手によってその力を奪われた時どんな顔をするのかずっと、楽しみにしてたんだよ。

苦悶《くもん》、屈辱、疑念に憤怒《ふんぬ》。

ありとあらゆるマイナスが張り付いた今のお前は最高にブサイクで笑えるぜ。

「凶さん、今すっごい悪い顔してる」

「すまん。ちょっとトリップしてたわ、すぐ直す」

「別に、あたしはその顔……キだからいいんだけどさ」

術の衝突による影響で台詞の一部に閃光《ノイズ》が走ってしまったが、文脈から察するに何かしらのフォローを入れてくれたのだろう。

だから俺はとりあえず感謝の言葉を恒星系に述べた。

「ありがとな、遥《はるか》。そう言ってもらえると嬉しい」

「えぇっ!?　そそそそれってどういう!?」

何を慌てふためいているんだこの女は。

最近の遥《はるか》さんは、たまにバグる。

「いや、フォローしてくれたことに対する感謝の意を伝えただけなんだが」

「あっ、あぁ、うんフォローね、フォロー。凶さんのフォローだったら、あたしに任せてよ」

「あぁ、頼りにしてるよ相棒」

エッケザックスの柄を握り、強襲の準備を整える。

「そろそろ向こうの決着がつく。シラードさんの熱術が着弾した瞬間に、さっきの要領で攻撃再開だ」

「オッケー。……ねぇ、凶さん、ユピちゃん大丈夫かな？」

「……どうだろうな」

こればっかりはユピテル次第としか言い様がない。

出来る限りの手は尽くしたつもりだし、実際、ここまでの運びは順調そのものだ。

けれども、この戦いの行く末は、結局のところ『ケラウノス』の契約者であるユピテルの「決断」にかかっている。

あいつが克《か》たない限り、俺達に勝ちはないのだ。

「気張れよユピテル、俺達も頑張るからさ」

汗ばむ身体。

空気の焦げるイヤな臭い。

視覚と聴覚は、情報処理のオーバーワークに若干辟易《へきえき》気味である。

だけどこの程度で弱音を吐くわけにはいかない。

適応しろ、凶一郎《きょういちろう》。

言いだしっぺが真っ先に崩れたら、死ぬほどダサいぜこの野郎。

■第九話　黒雷の獣と夢見る少女

◆◆◆？？？？？：『砲撃手』ユピテル

少女が目を覚ますと、そこは一面の銀世界だった。

しんしん、と降り注ぐ白色の雪。

周囲を見渡せども、何もなく、ただ際限なく真白の大地が広がるばかり。

足跡はない。

人影もない。

匂いも寒さも感じない。

これは夢だ、と少女は理解した。

では、なぜ夢を？

眠った覚えはない。

最後の記憶は、確か――

（十層。みんなで行って、ハルカに斬られた。痛くなかったけど、ビックリして、それから……）

ぼやけていた記憶が段々と輪郭を帯びていく。

あの時、少女は斬られたと思いこまされたのだ。

仲間の剣術使いが振り下ろしたあの一閃《いっせん》は、恐らく黒雷の獣を呼び起こす為のブラフ。

錯覚を利用して『ケラウノス』を引きずり下ろすとは、全く大した役者である。

（……つまり、ワタシをこんな所に招き入れたのは、）

間違いなく自分の精霊だろう、と少女はあたりをつけた。

二週間の封印を経て、あの化物も少しは丸くなったのではないか、とひそかに期待していたのだが、残念ながら何も変わっていなかったらしい。

見え見えのハッタリ――というには些か真に迫りすぎていたが――に騙された僅かな瞬間を引き金に、彼《か》の精霊は《顕現》を果たしたのだ。

娘を裏切った狼藉《ろうぜき》もの達を誅《ちゅう》するというお題目を掲げて、今頃あの悪霊は少女の大切な仲間達に牙を剝いているのだろう。

久しく感じていなかった虚無感が、少女の心に影を落とす。

思えばあの悪霊はいつだって、そうだった。

頼んでもいないのに、暴力を振るい
幾ら頼んでも、暴力を止めない。

都合のいい解釈で怒り狂い、娘の為とうそぶきながら、その実、あの獣は好き勝手に暴れているだけなのだ。

『それは違うよ、ユピテル。私が下す全ての誅伐《ちゅうばつ》は、君の身を守る為にある』

くぐもったような重低音が、少女の鼓膜を震わせた。

「ケラウノス……」

いつからそこにいたのだろうか。

白銀の世界に零《こぼ》された唯一の〝黒〟が、少女に向かって優しく語りかけてくる。

『安心なさい。この世界は安全だ。君を傷つけるものなど何もない』

「寝言は鏡をみてから言って。ワタシを一番傷つけているのは、いつだってアナタ」

『おかしなことを言うね。君の唯一の味方であり、本当の家族である私が君を傷つけるはずがないじゃないか』

黒雷の獣の告げた言葉に、少女は強い憤りを覚えた。

唯一の味方。本当の家族。

一言一句として合っていない。

「アナタの身勝手な怒りが、どれだけの人を傷つけたと思っているの？」

『私の？　君の怒りだろう？』

諭すような口調で、黒雷の獣は言う。

『私は君を苦しめる負の感情から、君を守る為に汚れ役を買って出ているのだ。感謝しろなどと恩着せがましいことを命じるつもりは毛頭ないが、最低限君が守られている立場であるという自覚は持って欲しいものだ』

それが恩着せがましいのだと、獣を詰《なじ》る言葉が喉元まで出かかったが、寸前のところで思い留まる。

業腹ではあるが、ケラウノスの述べる独善的な自己主張にも一定の正当性がある。

「……確かに、そう。アナタが現れるのは、いつだってワタシのせい。その罪から、逃げるつもりはない」

目の前の獣は、凶悪極まりない怪物である。

理不尽な怒りを撒き散らし、手前勝手に周囲を破壊する様はおぞましいことこの上ない。

だが、そんな獣の力を解き放っているのは、いつだって少女の心なのだ。

怒り、嘆き、悲哀、苦悶、無力感、やるせなさ、嫉妬、絶望――総じてストレスとなる感情の奔流が起点となってケラウノスは現界する。

故に、ケラウノスの暴走を止めたければ、少女の心が安定さえしていれば良いのだ。

ストレスを一切感じず、常に前向きであり続ければ、黒雷の獣は現れない。

剣も霊術も策謀も本来であれば無用の長物、ただユピテルの心さえ傷つかなければ、全ての悩みは簡単に解決したのである。

だから、こんなことになっているのは自分のせいなのだと、少女は心の涙を堪《こら》えながら是認《ぜにん》する。

心を乱してはならない。

強いストレスは獣の活力になる。

少しでも現実の仲間達の負担を減らす為に、ユピテルは心の荒波を宥《なだ》め続けた。

いつものように感情を抑制して、動じない己を保つこと――それこそが、今の少女に出来る

唯一の抵抗なのだと自らに言い聞かせて

「あっ」

そして少女は見つけたのだ。黒雷の獣の周囲に浮かぶ無数の球体。その色は黒に非《あら》ず。透明な、まるでそうシャボン玉のようだ。明らかに浮いている。物理的にも、そして情景的にも。

「ワタシの、記憶」

ユピテルは直感的に理解した。ソレが自分の失《な》くしたものなのだと。力の代償として支払ってきたもののなのだと。

『誤解しないでくれ』

ケラウノスは言った。

『何も無差別に取り上げているわけではない。君のストレスになるものを取り除いてあげただけさ』

「楽しかった思い出も、いっぱいある」

『それがいけないんだよ。一時的な幸福は壊れた時に不幸を生む。現に君は、あのエリザとかいう女を傷つけてしまった時に、壊れかけてしまったじゃないか』

どの口が言うか、とユピテルは思った。エリザを、みんなを傷つけたのはお前とワタシじゃないか。

「返して」

『君には必要のないものだ』

「それはアナタが決めることじゃない」

『私が管理すべきものだ。そういう契約のはずだぞ、ユピテル。……もっとも、そのことを君はもう覚えちゃいないだろうが』

少女の唇から血が流れる。情けなさと不甲斐《ふがい》なさと怒りで、どうにかなってしまいそうだ。

こんなにも、こんなにも自分は奪われていたのか。自由も、思い出も、安全も、全部全部この父親を名乗る獣に管理されて、それを半ば受け入れていた。その歪《いびつ》さが、今となってはよく分かる。

清水《しみず》家のみんなと暮らして、過去の光をおぼろげながら取り戻した今だからこそ分かるのだ。自分は飼われていた。ケラウノスに、飼われていたのだ。

「ワタシの弱さがアナタを増長させた。ワタシの愚かさがみんなを傷つけた」

『可哀想な愛娘。君はいつだって嫌われもの。だけど、私だけは君の味方だよ。昔も今もこれから先も、私はずっと、ずっとそばにいる』

話にならない、否、会話にならない。

この獣の前では、崇高な倫理も筋の通った論理もまるで意味をなさないのだ。

何を語ろうが、自身の都合のいいように解釈し、最終的には決まって『ならば私が可哀想なお前を守ろう』である。

「ワタシは未熟。怒りも悲しみも辛いと思う気持ちも捨てられない」

『あぁ、娘よ、どうか自分を大事にしておくれ。君を嫌う世界が悪なのだ。君を悲しませる他者こそが敵なのだ。君の心を乱す遍く全ての存在を、私は決して赦《ゆる》しはしない。断じて、断じてである！』

何もかもが独り善がり。

父親を自称するこの獣には、他者を慮るという機能が決定的に欠けていた。

コレに備わっているのは、父性愛という名の歪んだ支配欲と、建前という名の白砂糖をまぶした暴力衝動くらいのものだろう。

平行線だ、何もかも。

少女の想いは精霊に届かないし、精霊の〝愛〟が少女の胸を打つことは、最早永劫《えいごう》ありえない。

だからこれは、二人で行う独り言。

共有のない伝達であり、疎通のない対話なのだ。

「ずっとアナタが嫌いだった」

『君の心を荒《すさ》ませた者を必ずや壊そう』

「もうワタシに構わないで」

『ひとりぼっちの愛娘、私だけは君を見捨てない』

「アナタなんか、……家族じゃ、ない」

『私と君は魂で結ばれている。血の繋がりよりも深く濃い本物の絆《きずな》だ。君を捨てた醜い血縁《ブタ》共なぞ比べ物にもならない。これが、本物の家族だ』

「…………違う。私の家族は――」

刹那、漆黒の雷が少女を貫いた。

「あっ、ぐぅ……」

その場で膝をつき、ユピテルは小さく蹲《うずくま》る。

痛い。

痛い。

痛い。

痛い。

寒さも暑さも感じない世界で、痛みだけが現実となって少女の身体を蝕《むしば》んでいく。

『今、何を口走ろうとしたのかな？』

口調だけは穏やかに。

けれども獣が纏《まと》う雰囲気の質感が、明らかに違う。

『まさかとは思うけれど、あの偽善者達を家族だなどと宣うつもりじゃ、ないだろうね？』

「…………そうだと言ったら？」

雷轟。

漆黒の雷が、有無を言わさず少女を襲う。

「――――っ、うぅっ……」

『それは良くない、良くないよユピテル。君はあの薄っぺらい偽善者達に騙されているのさ。最初は良い顔をして近づき、十分な信用を勝ち取ってから使い潰すつもりなんだろうね。可哀想なユピテル。君の周りに集《たか》る人間達は、みんな、みーんな打算まみれ。君のことを本当に案じているのは、この世界で私だけなんだ』

「……案じた結果が、この黒雷《しうち》？」

三度、雷がユピテルを焼いた。

発狂しそうなほどの痛みに身悶《みもだ》えながら、それでも少女は無表情を徹底する。

『愛の鞭《むち》だよユピテル。君が間違った道に進まないように、心を鬼にして痛みを与えているんだ』

心底から悲しそうな声で、四度目の黒雷を投下するケラウノス。

「あぐっ、うっ、あっ、あぁああっ！」

『痛いかい？　辛いかい？　苦しいかい？　あぁ、私もだ。私もだよユピテル。大事な愛娘を傷つけなければならないなんて、どうしてこんな悲しい想いをしなければならないんだろうね？　今すぐにでも止めたいよ、君にはずっと笑っていて欲しいんだ。嘘じゃない。私は心の底から君の幸せを願っている』

執拗《しつよう》に、執拗に、優しい言葉と黒雷の拷問を繰り返す自称父親。

逃げることも、防ぐことも、死ぬことすら叶わないまま、少女は黒雷を浴び続けた。

為《な》す術《すべ》などない。

ここは精神と記憶のみで構成された世界《ユメ》であり、実権を握っているのはケラウノスである。

全ては獣の思うがまま。

少女の心が折れない限り、この地獄は延々と続くのだろう。

（………………これが、試練）

朦朧《もうろう》とした意識の中で、ユピテルは悟る。

神威『ケラウノス』、少女にとっての負の象徴であり、また同時に庇護者としての側面を持つ黒雷の獣。

彼の精霊との相対こそが、己が為すべき闘争《ぎむ》なのだろう。

精霊の調伏とは、契約の更新へ至る為の手段である。

力を示し、契約者への認識を改めさせる――――つまりは、見直しの儀式なのだとパーティーのリーダーは言っていた。

であれば、ユピテルは目の前の怪物に認めさせなければならない。そしてこれまで奪われ続けた思い出を全部取り戻すのだ。ワタシは、ワタシにならなければならない。

「……何度でも言う。ワタシはアナタの娘じゃない。ワタシはアナタの契約者」

天より堕ちる稲妻が、少女の全身を踏みつける。

夢の中故《ゆえ》、身体は不壊《こわれず》。

されど、肉体が崩落していく感覚だけは本物で、回数を重ねるごとにユピテルの心は衰微《すいび》していく。

『残念ながら五十点。正解は、娘であり、契約者でもある、だ。覚えているよね？　君はあのおぞましい施設で私とこう契約《やくそく》したのだ』

〝アナタの娘になるから、どうかワタシを守って下さい〟

「――――つっ」

ケラウノスの周囲に漂う記憶のシャボン玉が弾《はじ》けた。瞬間、少女の脳内に恥ずべき過去が蘇る。

生き抜く為に、処分されない為にと結んだ悪魔の契約。

娘となる代償に、守ってもらう――あの時、あの瞬間から少女は自身の尊厳を捨てたのだ。

だけどもう、限界だった。

「もう、沢山なの。アナタの娘でいることも、アナタに守ってもらう惨《みじ》めさも」

『子が親に守ってもらうのは当然の義務《けんり》だ。これまでも、これからも、君はか弱いままの愛娘《ユピテル》でいい。いや、そうであるべきだ』

「だったら今日ここで、その契約を反故《ほご》にする……っ」

軋《きし》む身体を奮い立たせ、少女は伏した身体を引き起こす。

俯《うつぶ》せから四《よ》つん這《ば》いへ、四つん這いから立て膝へ、立て膝から聳立《しょうりつ》へ。

真白の地面と少しずつ決別を果たしていき、やがてユピテルは完全に立ち直った。

『気に入らないね』

しかし黒雷の獣は自立《ソレ》を認めない。

自らの意志で立ち上がるなどという身勝手は、親への反逆に他ならない。

だから、その芽は潰す。

徹底的に蹂躙《じゅうりん》する。

『親の言うことを聞かずに悪い連中とつるむなんて暴挙、私が許すと思っているのかい？　見通しが甘いね。それとも私を舐《な》めているのかな？　良くないな、良くないなぁっ！』

轟、轟、轟、轟

たった一撃で容易に人体を消し炭に変えてしまうほどの威力を秘めた雷撃が、嵐のように吹き荒れる。

『親を敬い、親を重んじ、親に従う、それが出来なければ人ではない！　畜生にも劣る下等者だ！　あぁ、ユピテル。私は君をそんな風に育てた覚えはないよ。親の言うことを素直に聞く純粋無垢《むく》な愛娘、それが君だ。本来のあるべき尊い姿なんだ！　ねぇ、もしかしてそんな簡単なことも忘れてしまったのかい？　だったら思い出せ、今すぐ思い出せ、それが義務だ契約だ何も出来ない無意味で無価値なお前が唯一果たせる役割だ。さぁ、さぁ、さぁ！　反抗期は終わり、永遠の幼年期にまどろむがいい――――っ！』

轟、轟、轟、轟、轟、轟、轟、轟
野に咲いた花を一片たりとも残さぬよう、ケラウノスは漆黒の雷鳴を奏で続けた。

父親とは我が子を慈しみ、命を賭して守るもの。

しかしその愛すべき我が子が、唾棄《だき》すべき悪の道へと転落しかけたならばどうするか？

決まっている。

反省するまで罰を与え続けるのだ。

殴る、蹴る、食事を与えず外へ追い出す。

虐待ではない。教育だ。

子供が正しい道を歩めるよう教訓《痛み》を刻まなければならない。

全ては子を思えばこそである。

恨まれると知りながら、嫌われる覚悟を背負いながら、それでもケラウノスは愛の鞭を振るう。

『AWOOOOOOOOOOOOOOOOOOOOOOOOOOOOOOOOOOOOOOOOOOOOOOOOOOOOOOOOOOOOOOOOOOOOOOOOOOOOOOOOOOOOOOOOOOOOOOOOOOOOOOOOOOOOOOOOOOOOOOOOOOOOOOOOOOOOOOOOOOOO!!!』

愛している、何よりも、誰よりも、いつまでも。

万感の想いを込めた幾百の雷は、一つとして外れることなく少女の身体に着弾した。

雪が爆ぜる。

雷が躍る。

雲が飛ぶ。

それはまさに天変地異。

気候を、そして地形を変えてしまうほどの落雷が驟雨《しゅうう》のように降り注いだのだ。

ここが精神世界であろうと、問題はない。

むしろ、精神世界であるが故に効果的なのだ。

これは主を殺す危険性《リスク》を冒《おか》さずに、主の心だけを殺《あや》められるまたとない好機。

ケラウノスにとって都合の〝良い子〟を作り関係を作り出す千載一遇のチャンスなのだ。

『さぁ、ユピテルよ。きちんと反省できたかな？　出来たのならば、ちゃんと言葉でお詫びをいれようか。〝ごめんなさい。ワタシが間違っていました。ワタシの家族はパパだけです。他には何も要りません。これからは心を入れ替えて全てパパの言う通りにします。愛しているのはパパだけ。パパさえいればそれでいい。パパが全て。パパと結婚する。パパパパパパパパパパパパパパパ〃────さぁ、私の良い子よ、一言一句違わずに宣誓しなさい。言うことが聞けなければおしおきを続けるよ？』

未曾有《みぞう》の規模の暴力《おしおき》を執行してからの、服従の強制。

力と父性愛しか知らぬケラウノスにとって、それは完璧ともいえる王手《チェック》であった。

何故ならば、この時確かにユピテルの心は折れかけていたからだ。

「(いたい)」

身体が泣いている。

「(つらい)」

気持ちが萎《しぼ》み始めている。

「(くるしいよ)」

倒れた少女の傍に落ちるお守り袋。あぁ、そういえばと思い出す。

もしも心が折れそうになってしまった時は、これを開けと彼は言っていた。

少女は、無意識にその大きな巾着袋に手を伸ばし、雷に撃たれながらもそれを開く。

「…………」

一瞬のことである。少女はその一瞬だけ、瘴気の雷に浸されていることすら忘れて、空白をみたのだ。

中に入っていたのは、沢山の耐性アクセサリー。みんながユピテルを守る為に用意してくれたお守りだ。

だけど、少女の心を打ったのは、それではない。

「あっ」

紙だ。手紙が一通入っていた。

「あっ、あぁっ」

知っている文字だった。忘れてはならない約束だった。

〝また〟

涙が止まらない。あぁ、そうか。そうだったのだ。

〝また一緒に、お花を育てましょう〟

自分はとっくに、彼女に
〝一緒に遊びましょう〟

許されていたのだ。

「エリザ」

失われていた記憶が語りかける。

彼女と一緒にいた日々、〝燃える氷剣〟で過ごした時間。

そしてこんなにも良くしてくれる今の仲間達。

少女は、ワタシは孤独なんかじゃなかった。そりゃあ嫌なことも辛いこともいっぱいあったけれど、――――それでもワタシは幸福だった。

愛されていた。沢山の人達にいっぱいいっぱい愛されていた。あぁ、そうとも。今ならば誇りをもって断言することが出来る。

――――ワタシは、ワタシは世界一幸せな子供だ。

「…………絶対に、イヤ」

吹雪《ふぶ》く雪風が弱まり、視界が開けた先で露《あら》わになったのは、ケラウノスをして、目を疑うような光景であった。

幾百の黒雷の降り注いだ雪野原の中心で、こちらを睥睨《へいげい》する少女。

息は絶え絶えだ。

全身が小刻みに震え、両足に至っては生まれたての子鹿のように痙攣《けいれん》を繰り返している。

だがそれでも、少女は立つことを止めなかった。

百度の死に匹敵する黒雷の暴威に曝《さら》されながらも、決して折れることなく、毅然《しゃん》として。

なぜ、という疑問符が獣の頭に浮かび上がる。

耐えられるはずがない。

何の力も持たないか弱い少女が、自身の暴威に耐えられる道理などあるはずがないのだ。

『…………何をした？』

ケラウノスの発した詰問《きつもん》に、少女は首に提《さ》げた巾着袋を掲げて答える。

「この中には、いっぱいの、アクセサリーがはいってる。種類はぜんぶ、変換系耐性付与型アクセサリー」

知っている。

あれは、現実世界に顕現した自分の力を縛りあげている小賢しい弱体化の発生源だ。

くだらない羽虫共の分際でよくも私を罠《わな》に嵌めてくれたな、と向こうの世界の自分は現在、怒り狂っているのだが、それはあくまで現実の話。

魂の交錯する精神世界において、現実の枷《かせ》など意味を持たない。

全ては心の想うがまま。

ケラウノスが己を万全と定義づけている以上、この世界の彼はそうなのだ。

だから弱体化など効くはずもなく――――。

『待て』

そこで獣は気づく。

少女は今、何と言った？

『変換系耐性付与型アクセサリー……だと？』

弱体化《デバフ》ではなく、変換《コンバート》。

減少したステータスの分だけ、属性への耐性を得るアクセサリー。

現実世界においてケラウノスの力は、現在進行形で零落《れいらく》している。

限界まで多く見積もっても、今の彼の能力値は通常の四割程度。

およそ過半数のステータスが、取るに足らない耐性向上の為に使用されているのだ。

……本当に？

獣の魂に疑念が浮かぶ。

本当に彼女の持つアクセサリー群は、ケラウノスを弱体化させる為だけに用意されたモノなのだろうか。

『……まさか』

獣の精神が言語化されるよりも前に、銀髪の少女が真実を明かす。

「この中にあるいっぱいのアクセサリーの獲得耐性は、すべて〝瘴気〟と〝雷〟。つまり、黒雷を防ぐ為のモノ」

予想通りの答えが返ってきた。

瘴気と雷、合わせて黒雷への耐性付与。

成る程、それならば自身の攻撃を防ぐことも叶うだろう。

少女の心が壊れなかった理由にも一応の説明はつく。

だが耐性《それ》は、あくまで現実世界におけるユピテルの話である。

『この世界のお前には、装飾品の効能など通じぬはず――――！』

「この世界だからこそ、だよ」

花弁のような唇を動かし、少女は摑み取った真理を言葉に変えた。

「ここは心の世界。想いの強さが在り方を決める空間」

ケラウノスがこの世界の己を万全な状態であると定義したが故に、今の彼は万全《そう》なのだ。

ならば同様の理屈で、目の前の少女が〝自分が所持しているアクセサリーの力は絶大である〟と定義づけたのならばどうなるか？

決まっている。

そうなるのだ。

巾着袋の宝石達は、現実世界の効能をはるかに上回る力を発揮し、幾百の黒雷から主を守り切ったのである。

「ここは、アナタの支配する世界だと、勘違いをしていた」

――――逃げることも、防ぐことも、死ぬことすらも叶わない。

――――獣の暴虐を理不尽に受け続けなければならない地獄。

そう決めつけていたのは、他ならぬ自分自身である。

「ずっとアナタが怖かった。ずっとアナタに縋っていた。ワタシの全てはアナタに支配されていた」

獣の勝手を許しながら、自身は地べたに蹲っているだけ。

先程の自分の姿は、まさにこれまでの象徴である。

〝アナタの娘になるから、どうかワタシを守って下さい〟

あの日、そう願った瞬間から、少女は正しく獣の奴隷《むすめ》だったのだ。

敵うわけがないのだと、孤独でいるしかないのだと、父親《ケラウノス》に守ってもらう為に人としての在り方を捨ててきた苦い日々を思い出す。

感情を抑制した。

温《ぬく》もりを諦めた。

自分を憎み、一生の孤独を受け入れた。

「アナタへの依存を止められなかった。アナタの暴力から仲間だった人達を守れなかった。それでも生きたいと……願ってしまった」

逃げることも、防ぐことも、死ぬことすらも叶わない。

愚かで薄弱で意気地のない自分が、世界中の誰よりも許せなかった。

「――――だけど、こんなワタシをあの人達は受け入れてくれたの」

心に灯がともる。

吹雪舞う銀世界においてなお熱を失わない温かな感情《ヒカリ》が、少女の身体を突き動かす。

「ハルカは、ワタシの憧れ。強くて優しくて温かい。大きくなったらワタシはあんな人になりたい」

〝――――大丈夫だよ、ユピちゃんなら！　絶対、ぜーったい大丈夫だよ！〟

一歩。

太陽のような彼女の顔を思い浮かべながら歩き出す。

ケラウノスが何か捲《まく》し立《た》てているが関係ない。

どんな時でも前を向くあの強さに焦がれながら、少女は前へと歩みだした。

「フミカは、ワタシのお母さんになってくれた人。美味しいご飯を作ってくれた。一緒にお風呂に入ってくれた。寂しい時はおんなじお布団で寝てくれた。あの人は、誰よりも優しい人。……その人と約束したの」

〝必ず、ここに帰って来て下さいね。ユピテルちゃんの大好きなお料理を沢山こしらえて待っていますから〟

二歩。

大切な居場所を作ってくれたあの人の元へ必ず帰るのだと、決意を込めて白銀の大地を踏みしめる。

『やめろ』

一際大きな黒雷が少女の頭上に飛来した。

周囲の地形を歪ませるほどの大規模術式。

しかしその程度の小技など、今のユピテルには微塵《みじん》も通用し得《え》なかった。

「アル姉は、ヘンな人。すごい力を持っているのに、とっても親しみやすかった。あの人と過ごす時間はとても楽しい。ずっと一緒に遊んでいられる」

〝妹よ。時代は恐竜《モンスター》もどきではなくカエルです。なにせゲーム機の中の怪物と違い、カエルは美味しく頂けますから〟

三歩。

戸籍上の姉との会話を噛みしめながら黒雷降る雪原を踏み抜いて。

「ジェームズは、クランを辞めたワタシのお願いを快《こころよ》く聞き入れてくれた。いっぱい迷惑をかけたのに最後まで……ううん、その後もずっとワタシのことを案じてくれていたの」

〝よくぞ私に声をかけてくれた！　このジェームズ・シラード、喜び勇んで君達の戦列に加わろう！〟

四歩。

無茶な願いを聞いてくれた古巣の長に心から感謝の気持ちを込めながら。

「エリザは、エリザはずっとワタシのことを大事にしてくれた。ワタシが忘れてしまっても、ずっとずっと覚えてくれていた」

彼女に謝りたい。彼女の傷を治したい。そしてまた一緒にお花を植えるのだ。

二人でいっぱいいっぱいお話をするのだ。

『やめろ、やめろ、やめろ』

獣の命令が無数の黒雷を伴いながら発せられる。

けれども
「きかない」

聞かないし、効かない。

幾百の雷霆《らいてい》も、圧のこもった獣声も、今の少女には通じない。

輝きに触れた。

温もりを知った。

楽しいと思えた。

駆けつけてくれたことが嬉しかった。

そしてこんな夢のような日々を得られたのは――

◆◆◆

その少女は孤独だった。

その少女は囚われていた。

その少女はいつも泣いていた。

実の両親に売られ、被検体《モルモット》にされた。

新しく出来た親は、ところ構わず暴力を振るった。

沢山の人を傷つけた。

沢山の人に疎まれた。

誰も彼もが少女を否定した。

少女自身も、そんな自分が大嫌いだった。

〝あなたは何も悪くない。間違っているのは、この社会〟

やがて少女は堕ちていく。

誰かを殺めれば褒めちぎられ、何かを壊せば欲しい物をもらえた。

変容していく価値観、失われていく倫理観。

心と魂を明け渡したがらんどうの人形は、大人達の望むがままに狂気に浸る。

『だから、ねぇしっかり泣き喚きナサイッ。無様ヲ晒《さら》してこのユピテルヲ楽しませルノ。それが、無能デ無価値ナお前達に許された唯一の贖イヨ。キャハッ、キャハハハハッ、キャハハハハハハハハハッ！』

傷ついた分だけ、傷を与えよう。

壊された分だけ、壊してしまえ。

より憎んだ方が強くなる。

より狂った方が楽になる。

憎め、憎め、憎め、憎め

狂え、狂え、狂え、狂え

憎め、憎め、憎め、憎め、憎め、憎め、憎め、憎め

狂え、狂え、狂え、狂え、狂え、狂え、狂え、狂え

憎め、憎め、憎め、憎め、憎め、憎め、憎め、憎め、憎め、憎め、憎め、憎め、憎め、憎め、憎め、憎め

狂え、狂え、狂え、狂え、狂え、狂え、狂え、狂え、狂え、狂え、狂え、狂え、狂え、狂え、狂え、狂え

『何モかもガ憎イ、ワタシはだれヨリモ狂ッテイル！　キャハッ、キャハハハハッ、キャハハハハハハハハハハハハハハハハハハッ！』

〝瞋恚の黒雷《Raging dark》〟ユピテル。

売られ、使われ、支配され、大人の都合の〝良い子〟を演じるだけの哀れな踊る人形《コッペリア》。

自分を殺し続けた少女は、覚めない悪夢を踊り続ける。

誰かが己を殺すその時まで、狂気《グランギニョル》のお芝居は終わらない。

それが少女の運命。

それが少女の摂理。

それが少女の結末。

そしてその筋書きは、絶対のはずだった。

◆◆◆

〝後、もう一個アドバイス。雷親父がなんかガミガミ言ってきたら、股間におもいっきりパンチしてやれ〟

「うん、やって、みるよ、キョウイチロウ」

小さな拳を握り、眼前の獣の懐へと入り込む。

『やめろと言っているのが聞こえんのかぁあああああああああああああああああああああああああああ――――――――――!』

聞こえない。

なぜならば、ユピテルは忙しかったのだ。

少女を陽だまりの中へと連れ出してくれた大恩人の薫陶《くんとう》を、今こそ実行すべき時なのだ。

うるさい獣のヒステリーなどに、一々構っている暇はない。

黒い雷が地面から噴出する――――効かない。

ケラウノスがしょうこりもなく怒り狂う――――意味ない。

獣の爪牙《そうが》が少女を目がけて飛んでくる――――通じない。

「もうアナタなんて怖くない。それを証明する為に、ワタシはアナタを去勢する」

オスにとっての処刑宣告を下しながら、少女は大きく腰をかがめて飛翔《ひしょう》する。

「うるさいオスの股間をパンチ。つまりワタシはアナタに黙れと言っている」

果たして下腹部にソレはあった。

きっとユピテルが殴ると決めたから、ソレがついたのだろう。

ここは夢の世界。

想いによって、在り方が変わる空間。

現実のケラウノスにソレがついているかどうかなんて関係ない。

今この場にいる彼の股間にはソレが確かについているのだから。

『ふざけるな、このような反逆、断じて認めんぞ！　親の言うことを聞けユピテルッ！』

「イヤ。ワタシの人生は、ワタシが決める。誰かの言いなりになんて、絶対にならない」

強く握った拳は金剛石よりも固いもの。

だからパンチもダイヤモンド級だ。

「ワタシのパンチはダイヤモンド。アナタの小さなモノなんて木端微塵《こっぱみじん》に打ち砕く」

『やめろ、やめろ、やめろぉおおおおおおおおおおおおおおおおおおおおおおおっ！』

「やめ――――ないっ！」

万感の想いを込めて放つアッパーカットは、決別と門出の絶対証明《Q.E.D.》。

少女に課せられた運命の転輪は、今この瞬間をもって瓦解する。

「去勢、かんりょう」

爆ぜる男性器。

逆転する力関係。

かくしてif《もしも》の亀裂は走り出す。

獣のシンボルを拳ひとつでぶっ飛ばしたその少女の横顔は、全力で〝人間〟だった。

■第十話　解放

◆ダンジョン都市桜花・第三百三十六番ダンジョン『常闇』第十層

「っしゃあっ！　もう一発！」

大剣形態のエッケザックスを振り下ろし、雷親父《モンペ》のアキレス腱《けん》に斬撃を刻む。

左側の恒星系に注意し過ぎて足元がお留守だぜケラウノスちゃんよ。

「AWOOOOOOOOOOOOOOOOOOOOOOOOOOOOOO!」

咆哮《ほうこう》と共に天井から黒雷が降り注いだ。

『噴出点』の操作を応用した近距離狙撃では、初動を潰されると踏んでの選択だろう。

いい判断だ。

だが甘ェ。

「通さんっ！」

通る声と共にシラードさんの熱術掃射が、落雷を漏れなく撃ち落としていく。

変換系耐性付与型アクセサリーの影響で死ぬほどノロマになっているとはいえ、神威の雷を撃墜しちゃってるよあの人……。

「マジぱねぇ」

五大クランの長の実力はやっぱり伊達《だて》じゃないわ。

驚嘆と尊敬の念を抱きながら、フルスイングでエッケザックスをぶん回す。

よし、いいのが一発入った。

さて、退散退散。

「遥《はるか》、そろそろアレが来るぞ！　深追いはすんな」

「分かってる――――よっ！」

左方の恒星系がバク宙を利用したスタイリッシュバックステップを華麗に決める。

当然、蒼穹の複製達による波状攻撃との並列作業《マルチタスク》である。

「相変わらず、スゲーなお前」

「えへへー。もっと褒めてくれてもよいぞよ？」

照れ隠しのつもりなのか変な語尾で答える遥《はるか》さん。

若干、ほっこりしかけたところで、雷親父の足元から茨状の黒雷を観測。

厄介な範囲攻撃だが、もうとっくに射程外だ。

本来のスペックならばいざ知らず、今のケラウノスの能力値ではとても俺達を捉えることなど不可能である。

「まぁ、近接へのけん制としては機能してるし、産廃スキルとまでは言わんがな」

自身の周囲に黒雷を撒きながら、後退していくケラウノス。

戦いは本日何度目かの砲撃戦へとシフトしていく。

「ハーッハッハッ！」

「WOOOOOOOOO――――!」

激突する熱線と黒雷。

怪獣達による一大スペクタクル巨編を眺めながら、合流してきた遥《はるか》に携帯食料を渡す。

「遅いね、ユピちゃん」

「あの化物と向こうの世界でタイマン張ってんだ。長引くのは仕方ねぇよ」

調伏を為すためには、ユピテル自身の手でケラウノスに打ち勝たなければならない。

精霊によっては問答や知恵比べといった平和的な試練を課してくる輩もいるが、あの雷親父の場合、十中八九暴力系だ。

あいつの人生における負とトラウマの象徴であるケラウノスとの相対。

辛いはずだ、苦しいはずだ。

だけど……。

「アイツは克つよ。図太いもん」

「……あたしだって、別に疑ってるわけじゃないよ？　だけど、」

「心配なんだろ？」

棺桶の飾られた壁面にもたれかかりながら、携帯食料を噛みしめる。……げ、ちょっと溶けかかってる。

「うん、そうだね。やっぱり心配だよ」

フルーツ味の携帯食料をもそもそと齧りながら、入口側の景色を見つめる恒星系。

視線の先では雷親父が鬼のような形相で、線形の雷撃を放出していた。

今の奴のスペックでは、どう頑張ってもシラードさんに勝つことは出来ない。

無理に力を捻出して、加減モードのシラードさんに抵抗するのがやっとという有り様。

こうして休憩なんて取らずに三人で一斉にかかれば、簡単に倒すことが叶うだろう。

しかしさっきも言ったように、それでは何の意味もないのだ。

ユピテルが克ち、俺達も勝つ――――調伏《わからせ》とは、そういうことなのである。

「信じてるけど、心配してる――――ねぇ、凶さん。これって矛盾してる？」

「矛と盾の比率にもよるな。割合は？」

「えっと、半分こをオシャレな感じで言い繕うとどうなるんだっけ？　ハーフ&ハーフ？」

フィフティフィフティと言いたいんだろうか。

「まぁ、うまい感じにブレンドされてるって認識でいいんだな？」

「そうそう」

「だったら、そいつは矛盾《パラドックス》じゃなくて葛藤《コンフリクト》だな」

「どう違うの？」

「カレーかラーメンの間で迷うのが葛藤。カレー食べるって言いながらラーメン食うのが矛盾」

「あたしだったら、どっちも食べるけど」

「……そういう話はしていない」

いや、そういう話、なのか？

信じていても心配なものは心配だろうし、逆もまた然《しか》りである。

どちらか一方を捨てる必要なんかない。

信頼《カレー》も心配《ラーメン》も、両方平らげればいいのだ。

少なくとも、この大食い娘にはそっちの方が性にあっている気がする。

とまぁ、このような益体《やくたい》もない話で時間を潰している内に、あちらの決着もついたようだ。

砲撃対決に打ち勝ったシラードさんの熱術が、ケラウノスの頭部に直撃する。

「WOOOOOoooooo………OOOOOOOOOOOO――――!」

発火した頭部を地面に擦りつけながら、のたうち回る黒雷の獣。

ダメージもダウンも取っているけど、回復可能な領域――――良い塩梅《あんばい》だ。

流石はシラードさんである。

「チャンスだ遥《はるか》。今度こそ蒼穹で腱切って、機動を完全に封じようぜ」

「あの子、あたしのこと警戒してるからなー」

などと言いつつ、蒼穹の複製をケラウノスの左脚へと射出する遥《はるか》さん。

「……Woooooooooo!」

だが、雷親父の対応も早かった。

頭部を燃焼させたまま、黒雷による閃光《フラッシュ》と軀体《くたい》の旋回によって、こちらに的を絞らせないムーブをかましてくるケラウノス。

イカれた雷親父の癖して、戦い方だけは巧妙である。

あえて急所を守らずに回避行動を取ってくる辺りに、性格の悪さが滲み出てやがる。

「外面の印象より、大分強《したた》かだね、この子」

「多分、こっちの思惑がバレてんだろうな」

さっきから脚を守る為に頭部を差し出すような動きをちょこちょこ見かける。

偶然にしては頻度が高いし、一貫して遥《はるか》の斬撃を警戒しているところからも察せられるように奴は決して馬鹿じゃない。

戦闘を長引かせ、ユピテルの心をへし折ることが叶えば奴の勝ちだし、万一この場で倒されたとしても、ユピテルが克たなければノーゲーム――――蹂躙が不可能と察するやいなや、あっさり耐久戦に切り替えてくれちゃって。

「全く、良い性格してるぜケラウノスさんよぉ」

長引くな、これは……。

そんな確信に近い想定を固めかけていた時のことである。

「えっ……？」

いの一番に驚いたのは遥《はるか》だった。

理由は瞭然《りょうぜん》だ。

唐突に、本当に唐突に攻撃が通ったのである。

左前脚の腱を流麗に両断する蒼乃《あおの》の秘剣。

ついさっきまで、あれほど避けられ続けた斬撃が、至極あっさりと決まってしまった。

大変喜ばしいことではあるが、どうも妙だ。

攻撃の直前に致命的かつ不自然な隙が生まれたこともそうだし、なにより腱が斬られたというのに、ケラウノスは微動だにしない。

ぼうっと、心ここに在らずといった様子で佇《たたず》んでいる。

「まさか……！」

口に出かけた感情を飲み込み、俺は遥《はるか》とシラードさんに指示を出す。

「遥《はるか》は今の内に残りの脚も斬ってくれ。シラードさんはいつでも動けるように準備を整えておいて下さい！」

言うべきことを伝え終えた俺は、全速力で雷親父の元へと足を進める。

確証はない。

だが、それ以外の理由が思いつかない。

四方を棺桶に囲まれた空間を猛スピードで駆け抜ける。

あぁ、もう……。

「待ちくたびれたぜ、この野郎――――！」

獣の下腹部に鈍色《にびいろ》の亀裂が走る。

ぱらぱらと崩れ落ちてゆくケラウノスの外殻。

広がっていく下腹部の穴。

やがてその穴の中から、ちんちくりんの少女が落ちてきた。

銀髪の少女だ。

瞳は紅《あか》くて、髪型はツインテール。

見間違えるはずもない。

獣の中から現れたのは、まぎれもなくウチの砲撃手である。

「ユピテルッ！」

地面に衝突する直前の少女を抱きかかえながら、その名前を呼ぶ。

少女はしばらくの間、目をパチパチと瞬かせていたが、やがて状況を理解したのかゆっくりとこちらを見上げて言ったのだ。

「帰ってきた」

「あぁ。お帰り」

「うん、ただいま」

緩みそうになった涙腺を無理やり閉じて、足早に雷親父の傍から離れる。

奴の怒号が轟《とどろ》いたのは、それから僅か一拍置いた後のことだった。

「AWOO

ОО!!!」

咆哮の大きさは過去最大級。

無理もない。

こいつにとって今の状況は、大事な大事なユピテルちゃんが悪い仲間にそそのかされた挙げ句に自分をボコって家を出たのと同義なのだから、そりゃあ癇癪《かんしゃく》の一つも起こしたくなるだろうよ。

「(まぁ、同情はしないいし、なんならこれからお前はその悪い仲間達の手によってボコられるんだがな!)」

溢《あふ》れるアドレナリン。とうとうここまで追い詰めたという実感が俺の全身を沸騰させる。

「一旦、シラードさんのところまで下がる。少し急ぐから、しっかりつかまってるんだぞ」

「わかった」

銀髪の少女がこっくりと頷いたのを確認した俺は、全速力のスプリントで漂白された床面を疾走しながら、声を張り上げた。

「シラードさん、全力の熱術をお願いします！　遥《はるか》は今すぐに後退してくれ！　回収したユピテルを預けに向かう！」

仲間達はすぐに動き出した。

かつてない規模の熱線が戦場を飛ぶ。

遥《はるか》が今にも泣きだしそうになりながら出口方面へと移動する。

役者は揃った。

状況も整った。

長かった親父狩りも、いよいよ最終局面だ。

「気張《きば》っていこうぜ、ユピテル」

「ぜったい、勝つ」

ふん、と二人で鼻息を荒くしながら、背後の獣を睨《ね》めつける。

覚悟しろよケラウノス。

互いに縛りはもう消えた。

ここから先は、出し惜しみなしの殺し合いである。

■第十一話　英雄

◆ダンジョン都市桜花・第三百三十六番ダンジョン『常闇』第十層

「ユピちゃんっ！」

自陣に戻ってきたユピテルに、遥《はるか》が猛烈な勢いで抱きついた。

「よく頑張ったね、よく頑張ったねぇっ」

「みんなのおかげで帰って来れた。本当に、ありがとう」

「ユピちゃぁーんっ！」

見目麗しい少女達が、再会を喜び合って抱擁《ほうよう》を交わす姿は、大変感動的である。

だが、俺はそんなエモいシーンに水を差すような台詞をどうしても言わねばならなかった。

「お前ら、イチャつくのは後にしろっ！　まだ戦いは終わってねぇんだぞ！」

真面目に熱術放ってるシラードさんをほったらかしてヨロシクやってるんじゃないよ！　くそ、俺もあの中に交じりてぇ。でも百合《ゆり》空間に男が割り込んだら、市中引き回しの上打ち首獄門ってハンムラビ法典に書いてあったからな、自重、自重。

「ハッハッハッ！　仲睦《なかむつ》まじいのは良いことではないか！　私も仲間に入れて欲しいものだ」

「幾らシラードさんでもそれをやったら極刑ですよ？」

「ならば君が慰めてくれよキョウイチロウ。どうだい今度一緒にディナーでも？」

「えっ、ぜ、是非！」

「凶さん……」

「さすがにそれは引く」

なんでだよっ！

お前らとやってることは大体一緒だろ！

「ハッハハッハッ！　君達は本当に面白いなぁ。あの獣とは大違い――――だよっ！」

語気と共にシラードさんの熱術の火力が跳ね上がる。

次の瞬間、煌々《こうこう》と燃え上がる業火の大渦《おおうず》が、獣の肉体を情け容赦なく嚥下《えんげ》した。

敵の全身を空間ごと燃やし尽くすその術は、まるで火炎地獄の具象化だ。

どんな最期を迎えるにしても、あんな死に方だけはご免である。

皮膚から内臓、空気まで全部燃えてんだろ？　ぞっとしねぇよ、全く。

「…………」

しかして獣は無言を貫いていた。

断末魔の叫びどころか苦悶も怒号も上げずに、じっと火炎地獄の中で在り続けている。

「嵐の前の静けさというやつか。火炙《ひあぶ》りの最中《さなか》で黙々と術式を編みこむとは、中々に剛毅《ごうき》な獣よ」

シラードさんの言葉通り、ケラウノスは力を溜めていた。

溜めて、溜めて、溜めて、溜めて——そうして蓄積した霊力を最後の最後で一気に吐き出すつもりだろう。

火で炙られようが、刀で裂かれようが、今の奴ならなんなく耐えられる。

何故ならばあそこにいるのはユピテルとの接続が切れた状態のケラウノス。

契約者にちゃぶ台をひっくり返されて、親子関係を解消された哀れな雷親父は、それ故にユピテルが持つアクセサリーの影響から外れているのだ。

契約の白紙化と更新の僅かな間隙——いや、もしかしたらこれも試練の一環なのかもしれないな。

心だけでなく、実力でも打倒して見せよとかそんな感じの仕様なのだろうか。

……まぁいい。

考察は暇な時にゆっくりやろう。

今は、ケラウノスへの対応が最優先だ。

「予定通りいきます。シラードさんは熱術を維持しつつ俺の後ろへ。遥《はるか》とユピテルはその後ろに」

三人は短く首肯し、機敏な動作で持ち場へと移動した。

「奴の直情的な性格と噴出点の移動が見られないことから最後の一撃《ラストアタック》は十中八九、直線型の攻撃でしょう」

ゲームで見たから知ってまーすなんて戯言をほざくわけにはいかないからな。

それっぽい理屈を考えるのには苦労したぜ、ホントによー。

「威力のほどは分かりませんが、直線型の攻撃ならば俺の【四次元防御】で耐えられます。これが第一層です。そして側面への補強としてシラードさんにやって頂きたいのが」

「対熱エネルギー用の結界付与、だったね」

「はい、お願いします」

承知した、とイケメンのみに許される爽やかウインクを飛ばす片手間で見事な熱術結界を構築していくシラードさん。

業火の大渦とイケメンウインクと並行して結界まで作っちゃうなんて流石俺達のシラードさん。

やはりこの人は色々と別格である。

「んで、遥《はるか》、お前さんの役割は、」

「万一、噴出点が出てきた時の迎撃と、防衛線の補助でしょ。まっかせてー！」

「あぁ。頼りにしてるぜ、相棒」

軽く拳を突き合わせ、熱い想いを分かち合う。

そんな俺達のルーティンに、ちょっぴり遠慮がちな拳が寄り添った。

「ワタシも、一緒に戦いたい」

おずおずと、けれども確かな決意を込めてユピテルは言った。

「どんな雑用でもいい。ワタシにもみんなのお手伝いをさせて欲しい」

「でもお前、奴とタイマン張ってヘロヘロなんじゃ……」

実際、ユピテルは疲労困憊《ひろうこんぱい》していた。

唇はチアノーゼの発症によって青紫色に染まっているし、手足も小刻みに痙攣を繰り返している。無理もない。

精神世界とはいえ、先程までずっとこいつは自らのトラウマと戦っていたのだ。

肉体はケラウノスに取り込まれ、精神は一世一代の大勝負によって過負荷状態《オーバーロード》。

客観的に判断しても、立っているのですらやっとといった有り様だ。

正直、この状態で斬った張ったなんてやらせたくないし、そもそもケラウノスを倒すのにケラウノスが力を貸してくれるはずがないのである。

だから、ユピテルには大人しくしていて欲しかったのだが……。

「そんなの、関係ない」

銀髪の少女は精いっぱいの力でツインテールを振りまわし、反抗の意志を示した。

「みんながワタシの為に戦ってくれるのは、とっても嬉しい。だけど、この戦いは元々ワタシが撒いた種、ワタシが負わなければならない責任。それを放りだして後ろで小さく縮こまっているなんて絶対に、イヤ。ワタシも最後まで戦う。みんなと一緒に、戦う」

いつも通りの表情に乏しい顔で、けれども眼差《まなざ》しだけは力強く。

ったく、ちょっと見ない間に一皮むけやがって。

随分、カッコいいこと言うようになったじゃねぇか。

俺は懐から治癒力活性化剤《ライフポーション》入りの瓶を取り出して、ユピテルに手渡した。

「それ飲みながら、霊力の流れを探ってくれ。ケラウノスの方に何か動きがあったら、逐一《ちくいち》俺達に伝えること。どうだ？　へばらずにやれるか？」

「じょーとー」

親指をぐっと天井に向けて、自分に任せろとアピールするちんちくりん少女。

足腰がぷるぷる震えていることを差し引いても、十二分に英雄的《ヒロイック》である。

「よし。じゃあ、お前の配置は遥《はるか》の隣。それと遥《はるか》がヤバいと判断したら、すぐに休むこと、いいな？」

「……だいじょうび」

そこはかとなく不安の残る返事だったが、まぁ遥《はるか》の隣に陣取らせておけば安心だろう。

「つーわけで遥《はるか》、悪いけどコイツのこと頼むな」

「うんっ……やっぱり凶さんは優しいねぇ」

「どこがだよ？　ヘロヘロのチビッ子酷使してるんだぞ？」

「またまたー、ヘンに悪ぶっちゃってー」

ツンツン、と恒星系の肘が優しく俺の脇腹を小突く。

こそばゆいのと照れくさいのが同時に湧いてきたので、「ふんっ」と無理やりそっぽを向き、そのまま前線へと移動する。

霊力を込めた右腕で、エッケザックスのトリガーを撃ち抜く。

天に鳴り響いた号砲は、グレンさんから仕入れた新たな着脱式戦闘論理《カートリッジ》を起こす為のものだ。

うねうねとその造形を変化させていく漆黒の大剣。

鋭角ばったフォルムは急速に丸みを帯びていき、ついには完全な円へと生まれ変わる。

「つし、変形完了だ」

出来上がったのは巨大な盾。

光沢を放つ漆黒のスライム鋼が、なんとも武骨でいい感じだ。

そう、グレンさんに設計してもらったエッケザックスの新形態は武器ではなく防具。

しかも重量や頑強性ではなく、表面積の大きさのみに特化した特注品である。

普通、盾っていうのは重さや固さを重視して作られるものだ。

当然だよな？　盾っていうのは守る為にあるんだから。

幾ら守る面積が広くても、敵の攻撃を防げなかったらなんの意味もない。

だから盾の設計というものは、まずどんな攻撃から身を守るのかを決め、それから用途に合わせた機能を追加していくのだとグレンさんは言っていた。

しかし、この大盾は違う。

こいつは、幅広い面積を守れるという用途が先にあり、後から防御力の体裁を整えるという逆機軸の装備なのだ。

バランスが悪いことも、盾としてのスペックが大して高くないことも十分承知している。

だが、こと俺が使う場合に限っていえば、守備範囲特化型《このスタイル》が最適なのだ。

何故ならコイツは【四次元防御】との併用を前提として設計された特殊兵装。

つまりは範囲攻撃絶対防ぐマンだからである！

「シラードさん、一旦攻撃をストップして下さい。コイツを設置しますんで」

「よかろう。……しかし、随分と大きな円盾だな。一瞬、城壁が現れたのかと誤認したよ」

「ははっ、それだけがコイツの取り柄なん――――でっ！」

床面と接着する瞬間、ずしん、と重々しい振動が鳴り響いた。

「（ははっ、全然前が視《み》えねぇ）」

前方の視界はほとんどエッケザックスで覆われていた。視点を「視覚」から「霊覚」へ。

研ぎ澄まされた霊覚を頼りにケラウノスの様子を窺いながら、細かい位置調整を施していく。

シラードさんが控えているとはいえ、俺がミスれば大事に至る。

前方から発せられる禍々《まがまが》しい霊力の乱れと、仲間達の命を預かっているという精神的重圧《プレッシャー》との板挟みで、頭がどうにかなりそうだった。

逃げたい、と願う自分がいる。

無理だ、と匙を投げ出しかけている自分もいる。

俺は弱い。

物語の主人公のように理想に殉じて鋼の意志を貫き続けるなんて到底不可能な凡夫である。

どれだけ身体を鍛えようが、怖いものは怖い。

幾ら戦いの経験を積もうが、辛いものは辛い。

そんな自分の薄弱さを恥ずかしげもなく認めた上で、それでもこうして無様に立ち上がっていられるのは、偏《ひとえ》に仲間達のお陰である。

あいつらがどうしようもなく幸せに生きている姿が好きなのだ。

こんな俺を信じてくれる事実が誇らしいのだ。

だから俺は、盾を構える。

「来いよ、ケラウノス。テメェの癇癪なんざ、子猫のくしゃみ以下だ」

膨れ上がっていく霊力。

怨嗟《えんさ》に満ちた唸り声。

真の能力を取り戻したグランドルートの中ボスと、チュートリアルの中ボスのマッチメイクなんて誰が想像しただろうか。

いいさ、やってやるよ。

窮鼠《きゅうそ》猫を噛むならぬ、凶一郎《きょういちろう》ケラウノスを制すだ。

さぁ、来い。

来い。来い。来い。来い。

「さっさと来やがれ、この寝取られモンペがぁああああああああああああああああああああっ！」

その瞬間、誰かの何かが確かにキレた。

単純に音に反応したのか、それとも挑発の意味を理解したが故の激怒《ガチギレ》なのかは分からない。

けれど、一つだけ確かなことは、ケラウノスが長い充填期間を経た末に臨戦態勢に入ったのである。

嵐の前の静けさは終わりを告げた。

臨界点を迎えた赫怒《かくど》の化身は、今ここに神なる力を解き放つ。

そして――

「AWOOOOOOOOOOOOOOOOOOOOOOOOOOOOOOOOOOOOOOOOOOOOOOOOOOOOOOOOOOOOOOOOOOOOOOOOOOOOOOOOOOOOOOOOOOOOOOOOOOOOOOOOOOOOOOOOOOOOOOOOOOOOOOOOOOOOOOOOOOOOOOOOOOOOOOOOOOOOOOOOOOOOOOOOOOOOOOOOOOOOOOOOOOO!!!」

そして最後の一撃は解き放たれた。

雷の速度で直進する瞋恚の閃光は、シラードさんの必殺術式すら上回る威力を秘めた〝災害〟である。

瞋恚の黒雷《Raging dark》――正史における主の異名を冠したこの技は、グランドルートに到達した主人公パーティーですら対策なしでは耐えられないほどのバ火力なのだ。

無論、ゲーム時代とは、状況がまるで違う。

しかし、だからといってスキルの威力に下方修正《ナーフ》が入るなんて奇跡は……まぁ、九割九分起こらないだろうな。

きっと奴は、愛しいユピテルちゃんに被害が及ぶ危険性なぞ欠片も勘定《かんじょう》に入れていないと思うし。

あるいは、先の試練の敗北を受けて、とうとう主であるユピテルすらも敵とみなしたのかもしれない。

奴の自己中心的な性格を鑑みれば、十分にあり得る話だ。

娘の反抗が許せない。

己の愛に応えようともしない娘が憎い。

親の言うことに従わない子供など存在する価値もない。

――――だから、殺す。

「(……笑えるぜ)」

その在り方はまさに矛盾の塊《かたまり》だった。

「(守ると決めた対象をテメェの都合で勝手に殺すとか、厄介勢やファンチも腰を抜かすレベルの傍迷惑野郎《メンヘラ》じゃねぇか)」

何事もやり過ぎは良くないと言うが、こいつはその極北だ。父性。いや、男という概念の気持ち悪さを煮詰めたような存在。たとえ何度生まれ変わったとしてもこいつにだけはなりたくないと思えるほどの糞っぷりである。

だが――――

「(悪いな雷親父、テメェの脱糞お気持ち表明《クソデカオ○ニー》はここで打ち止めだ)」

俺の大切な仲間達に、テメェの術《クソ》は汚すぎる――――!

『【四次元防御】による砲撃防御、成功致しました。背後の三人への損害はゼロです』

『……よかった』

モノクロに染まった世界の中で、ホッと一息つく。

といっても、スキルの反動で俺の身体は停止状態にある為実際に息を吐き出したわけじゃない。

いうなればエア呼吸である。

『それでは単なる呼吸運動ではないですか』

『じゃあ、アトモスフィア呼吸でいいよ』

『急に厨二臭くなりましたね』

相変わらずこの女は文句ばかりである。

けれど、この全てが停《と》まった世界の片隅で、わざわざこうして話し相手を務めてくれているのだ。

無下《むげ》には出来ない。

出来るはずなどない。

『殊勝《しゅしょう》な心がけですね、いつもこれくらい素直であれば扱いやすいのですが』

『はいはい、邪神邪神』

それとこれとは別である。

しかし、ケラウノスとユピテルの関係を見ていると、案外アルはマシな方なのかもしれない。

……あくまで相対的な評価ではあるけれど。

『なぁ、アルよ。どうしてアイツはあんなド屑《くず》になっちまったんだろうな』

『そのように設計されたからでしょう』

にべもない。

性善説を根本から否定するような暴論である。

『そのお花畑思想は、あくまで人の本質を捉えたもの。我々精霊には全くの適応外です』

『まぁ、そうだな』

『加えて元来神威型には、精神的な機能が備わっておりません。善か悪か以前の問題なんですよ。彼らはただの力であり、それ以上でもそれ以下でもないのです。ほら、マスターの大嫌いな雨を想像してみて下さい。アレが人の気持ちを慮ることなどあり得ないでしょう？』

天気は空気を読まない。

幾ら俺が雨の根絶を願おうが、雨は好き勝手に降ってくるし、逆にどれだけ雨の到来を願おうが、降らない地域には決して降らないものである。

人の想いなど関係ない。

ただそのように、在るだけなのだ。

『故に瘴気《ドク》と雷で構成された存在に、単一の感情を与えたところでまともに機能するはずがなかったのです。もっとも、件《くだん》の外道共はその程度の瑕疵《かし》は瑣末《さまつ》な問題に過ぎないと考えていたようですが』

ユピテル達に非道な実験を強いてきた研究者達にとって、精霊と契約者が友好な関係を築けるかどうかなど、どうでも良かったのだろう。

感情のインストールなんてご大層な実験を成功させておきながら、当の本人達は人の心がないだなんて、随分と皮肉が利いてるぜクソッタレ！

『……っつ』

鈍い痛みが、全身を這いまわる。

魂を内側から掻き毟られるような嫌な感覚。

今まで何度も【四次元防御】を使ってきたが、やはりこれだけは一向に慣れない。

『もう音を上げますか？』

『馬鹿言え。まだまだ……っ、これからだっ』

ケラウノスの砲撃は未《いま》だに健在だ。

止む気配どころか、衰える素振《そぶ》りすらない。

だからこの地獄は、まだまだ続く。

『……さっきの話の続きをしよう。お前の言葉を借りるならば、ケラウノスもまた被害者ってことになる』

『ある意味では、そうなのかもしれませんね』

人間の勝手な都合で鹵獲《ろかく》され、望まぬ感情を押しつけられた哀れな精霊。

成る程、見方を変えれば、あのゴミですら悲しい過去持ちの同情対象になり得るわけだ。

きっと心優しい主人公達ならば、ケラウノスの話に多少の憐憫《れんびん》を抱いたことだろう。

だが……。

『気に入らねぇ』

生憎俺はチュートリアルの中ボスだ。

悲しい過去？　同情すべき背景？　知ったことかよいいから死ね。

善とか悪とか正義とか悪とか被害者とか加害者とか、全部どうだっていいんだよ。

お前は俺達の前に立ちはだかった、そして俺を怒らせた。

理由はそれで十分だ。だから死ね。惨めに死ね。無様に死ね。ありとあらゆる自尊心をへし折られて死にやがれ。

俺はお前を許さない。

悲しい過去があろうがなかろうが必ず殺す。

ユピテルを辛い目にあわせたのはお前だ。

シラードさんのクランに迷惑をかけたのもお前だ。

十五層で以降の冒険を停滞させたのもお前のせいだ。

少女の記憶を奪った。エリザさんを傷つけた。居場所を奪った。尊厳を踏みにじった。彼女を泣かせた。

アクセサリーの購入で沢山の金を失った。

遥《はるか》を危険な戦いに巻き込んでしまった。

姉さんや叔母さんにも苦労をかけた。

そして今、俺はモノクロの世界でひとり孤独に戦っている。

痛い――――ケラウノスのせいだ。

苦しい――――雷親父《ケラウノス》のせいだ。

痒《かゆ》い――――毒親《ケラウノス》のせいだ。

気持ちが悪い――――黒雷の獣《ケラウノス》のせいだ。

あらゆる苦悶を憎悪に変えて、全ての痛みを殺意の糧に。

奴が憎くて堪《たま》らない。

憎くて憎くて百周回ってまだ憎い。

『マスター、【四次元防御】の最長記録を更新しました』

『……そうか。まだまだ全然いけるぞ』

奴への怒りで腸が煮えくりかえっているというのに、【四次元防御】のコントロールはすこぶる順調だった。

術式の効率化――――少ない霊力で術を維持するテクニックを、俺はどうやら完璧に会得したらしい。

『ゾーン、あるいはフロー……極限の集中下における精神の覚醒状態を、現代では斯様な言葉で表すようですが、マスターの好調はまさにソレかと』

『理屈なんてどうでもいいさ。覚醒だろうが眠っていた血族の力だろうが、使えるものはなんでも使ってこの局面を切り抜ける。俺達は絶対に勝つ。あんなゴミには死んでも負けねぇ』

そうさ。

俺の怒りがあいつの憎悪に負けるなどあってはならない。

俺はお前にキレている。

お前よりも億倍はキレている。

その俺が、お前よりもはるかにブチギレているこの俺が、お前如きに負けるはずがないんだよ。

霊力を回す。

怒りの感情を滾らせる。

術の反動すら憎しみの材料にして、俺は兎に角【四次元防御】の維持に努めた。

耐えて、耐えて、ひたすら耐えて——そうして、一体自分がどれだけ耐え続けたのかすら分からなくなってきた頃、ようやく向こうの勢いに衰えが見え始める。

『あと少しです、マスター。ここで倒れてしまったら、いささか格好がつきませんよ』

『わか……ってるよ』

アルの励ましを脊髄《せきずい》反射気味に返しながら、最後の力を振り絞る。

……まだ限界じゃない、俺はやれるのだ。

半ば自己暗示じみた方法で精神を鼓舞しながら、時間停止の理を繰り返す。

気は抜かない。いや、抜けない。

チュートリアルの中ボスに油断の二文字はないのである。

絶対に勝つという強い意志を持ちながらも、驕《おご》りや慢心はご法度《はっと》だ。

ケラウノスの霊力が萎む。

黒雷の幅が狭まっていく。

蒼穹が舞った。

熱術が飛んだ。

機を窺っていた仲間達が攻勢に転じたようである。

瞋恚の黒雷《Ragingdark》の残量もあと少しなのだろう。

術式のコントロールに乱れが生じ始めたことからも、奴の焦りっぷりがよく分かる。

馬鹿が。術の扱い方がまるでなっちゃいねぇ。

お前、それでもグランドルートの中ボスかよ？

そんなロスの多いやり方で回してたら、終わりが早まるだけだってのに。

定まらない照準。

崩壊していく収束性。

自慢の暴力が通じないという拭いがたい現実が、ケラウノスのアイデンティティをぐずぐずと内側から溶かしていく。

そして――――

『マスター、時が満ちました』

その時は、きた。

ケラウノスから放出されていた究極の黒雷が、とうとう沈黙したのである。

『ケラウノスの霊力状態が危険水域《レッドゾーン》に突入しました。擬態の可能性は十万分の一を下回ります』

『つまり？』

『ここから先は、キツいお仕置きの時間《スーパーフルボッコタイム》です』

瞬間、俺は【四次元防御】を解除した。

世界から失った色彩が蘇っていく。

目眩《めまい》、酩酊《めいてい》、悪寒に悪心《おしん》に倦怠感《けんたいかん》――すげぇな反動の辛さも過去一だ――に全身を脅かされながらも構わず大盾の中心部にとりつけられたトリガーを引いてエッケザックスを変形させる。

今ここで俺が大人しくしていたとしても戦局に影響はないのかもしれない。

こっちには遥《はるか》とシラードさんがいるのだ。

出がらし状態のケラウノスなんて相手にもならないだろう。

だがな、駄目なんだよ。

ここまで俺を怒らせたあのゴミに、一発も入れることなくゲームセットなんてそんな馬鹿げた話があるかっての。

誰にも譲らない。

あいつの自尊心を徹底的に痛めつけてから殺すと決めたのだ。

だから殺す。俺が殺す。絶対に殺す。

いざ、雷親父《ケラウノス》に天罰を――

「くたばれこのクソモンペがぁあああっ！」

《脚力強化《ストライド》》と《時間加速》の多重発動により人外のスピードを獲得した俺は、地面を踏みつぶす勢いで疾駆した。

狙うはもちろんケラウノスの懐だ。

十層のフィールドの狭さもあいまって、彼我の距離は指を弾くよりもはやくゼロとなる。

「よう、ゴミ。さっさと死ねや」

挨拶代わりに喉笛を切り裂き、続けざまに天啓《レガリア》を解き放つ。

「やれ、〈獄門縛鎖《デスモテリオン》〉」

周囲の空間が黒く歪み、絶対捕縛の理を持った死神の鎖が奴の四肢へと絡みつく。

これでケラウノスはしばらくの間、攻撃防御回避その他あらゆる戦闘行動を封じられたことになる。

いい様《ざま》だ。

やっとお前に相応しい姿になれたじゃないか。

社会のゴミから本物の廃棄物《ゴミ》になった気分はどうだい？

「VAU……UUUOOO……」

そうかい。何言ってるか全然分かんねえや。

「じゃあ、死ね」

右手に握るは超重量の可変黒剣《エッケザックス》、左手に構えるは因果切断の白刃《レーヴァテイン》。

生物であれば問答無用で叩き切る魔性のナイフが切り刻み、その傷口に何度も何度も何度も質量兵器を打ちつける。

眼球を抉り、顎を裂いて、脳髄を穿《うが》つ。

所詮は外殻《ガワ》なので、肉感のようなものは微塵も感じなかったが、どうやらそれなりに効いているようだ。

汚らしい咆哮を上げながら、のたうち回ることすら禁じられての生命蹂躙《カーニバル》。

どうだい、ウチの親父狩りは一味違うだろ？

なにせ金の代わりに内臓のかつ上げだ、五臓六腑《ごぞうろっぷ》に染みわたること間違いなしだぜ、おめでとう。

「あぁ、でもお前の中って空洞っぽいんだよな。機能があるだけで中身はない感じ？　なんだよ、中身が薄っぺらいだけじゃなくて、物理的にも空っぽなのかよ。全く、本当にお前って奴はどうしようもねぇ――――なぁっ」

原形もなくなるくらいグチャグチャに荒らし尽くしたご尊顔の内側から直接刃を通して下へと進む。

気管を、脊髄を、食道を、肺を、心臓を、横隔膜を、肝臓を、胆嚢《たんのう》を、丹田を、胃を、腸を、脾《ひ》臓《ぞう》を、腎臓を、その他ありとあらゆる生命器官を破壊尽くしてもなお足りない。

なにせ魂の奥深くまで恐怖を刻み、二度とユピテルに非道な行いが出来なくなるまで徹底的に調教しなければならんのだ。

郷に入ればなんとやら……いや、この場合目には目をだな。

目には目を、歯には歯を、最低DV野郎には同じく最低最悪な暴力をもって処断する。

愛の鞭っていうやつだよ。お前らみたいなゴミは大好きだろ、このフレーズ。

「VAWO、VAWO、VAWOOOOOOOOOOOOOOOOO……!」

「安心しろ、時間もないし、そろそろ終わりにしてやる」

そう言って、俺が刃を向けた先はユピテルを排出した穴であった。

位置的には下腹部の辺りである。

首から始まった親父狩りツアーもいよいよフィナーレというわけだ。

さぁ、宴《えん》もたけなわ、ひと思いにやっちまいましょうとエッケザックスを振り下ろそうとしたその刹那
「VAWOOO!!!」

急にケラウノスが暴れ出した。

まだ〈獄門縛鎖《デスモテリオン》〉の拘束は続いている。

だからこれは本当に無駄な抵抗というやつで、幾ら奴が濁音交じりの絶叫を上げたところで脚の一本も動かせないはずなのだが……。

「もしかして、お前ココ斬られるの嫌なのか？」

負け犬の遠吠《とおぼ》えが高らかに鳴り響く。

どうやら正解らしい。

元々中身が空っぽだったとはいえ、顔面から消化器までズタボロにされてなお意気軒昂《いきけんこう》だったと

いうのに、ここに来て途端にしおらしくなりやがった。

おかしいな、ダンマギの設定資料集にそんな記述はなかったと思うのだが……。

もしかして、ユピテルか？

いやいや、幾らなんでもそれはないぜ凶一郎《きょういちろう》。

まさか、自らのトラウマに別のトラウマを植え付けるだなんてそんな馬鹿な真似、あいつがするわけないだろうに。

まぁ、いい。

どういう理由かは分からんが、兎に角ケラウノスは股間もしくは肛門《こうもん》周りの攻撃を嫌がっている。

それも怯えていると言っても過言ではないほどの忌避《きひ》だ。

「わーったよ。武士の情けってやつだ。もうこれ以上お前を斬るのはやめておく」

俺はエッケザックスのシリンダーをいじりながら、耳ざわりのいい言葉を雷親父に囁《ささや》いてやった。

奴からの返答はなかったが、心なしか周囲の空気が少しだけ弛緩《しかん》した気がする。

良かったなケラウノス、俺が約束を守れるナイスガイでよ。

あぁ、そうとも。一度交わした誓いをひっこめたりはしないさ。

ちゃんと斬るのだけはやめてやる。

俺は『突』と書かれた戦闘論理をセットしてトリガーを引く。

「その汚《きた》ねぇ穴には――――」

エッケザックスは剣の形から、より尖《とが》った存在へと変身を遂げる。

「────ちゃんとぶっといモンをブッ刺してやんねぇとなぁっ！」

変形完了、エッケザックス螺旋槍《らせんそう》形態。

太く、長くそして捻《ね》じれたボディ。

そう、こいつは単なる槍《やり》じゃない。

穂の部分が少しばかり特殊な形状をしていて、溝の捻じれた円柱状のスライム鋼の先端に鋭い切れ刃が設けられているのだ。

こいつは他の形態と違い、霊力を流してやることで穂の部分が螺旋を描いて回転する。

早い話が、ドリルなのだ！

ぎゅぃいいいんっと、快音を鳴らしながら回り始めるエッケザックス。

その音と霊力を感じ取った雷親父は、あらん限りの声で鳴き叫び、動かない四肢をばたつかせた。

「おいおい嬉ションにはまだ早いぜ獣野郎。今からこの黒くて長くて太い棒で、その股間だか肛門だかよく分かんねぇ穴をほじりにほじってガバガバにしてやるから覚悟しなァ？」

しっかりと狙いを定めながら、ユピテルの出てきた穴に回転する螺旋槍を近づけていく。

「VAOW」

「待たない」

「VAWAOW」

「話さない」

「VAWAOW! VAWAOW!」

「与えない。……つーかお前さぁ」

最初から最後まで「AWOOOOO」だの「VAOWOOOOO」だのとギャーギャーギャーギャーギャー喚きやがって。

「何言ってんのか全然、全く、これっぽっちも分かんねぇんだよ、クソが！」

「VAWOOO!!!」

回転する螺旋槍。追加とばかりにレーヴァテインで切り刻む。

耳をつんざく断末魔の絶叫。

俺の怒りと憎悪を乗せた魂の突貫工事は、ケラウノスの急所ごと奴の肉体を跡形もなく消し飛ばした。

驕れる者は久しからず。

猛《たけ》き獣も遂《つい》には掘られる。

この世は所詮、諸行無常。

腐りきった毒親の天下なんざいつまでも続くものじゃない。

「いいか、クソ雷親父《モンペ》。これだけは肝に、いや股間に銘じておけよ」

天高く螺旋槍を突き上げながら、俺は高らかに宣言した。

「ガキはテメェのオモチャじゃねぇっ！　自分の意志と心を持った人間なんだ！　そんな当たり前のことも理解できねぇクソ野郎の癖に、図々《ずうずう》しく親を名乗るなゴミカスがぁっ！」

お前の為にと勝手を働き、頼まれてもいないのにナイト気取りで暴力三昧。

そんな最低最悪の恥知らずムーブを今度またユピテルの前で働いてみろ。

その時は今日の処刑が生ぬるく思えるほどの地獄メニューでお前を掘り抜いてやるからな。

■インタールード、あるいは少女にとってのプロローグ

◆

その後の話をしよう。

結論から言うと、わたくしこと清水凶一郎《しみずきょういちろう》、入院致しました。イエィッ！

……うん、まぁね、我ながら色々ハッスルし過ぎたからね。

聞いた話では、ケラウノス戦が終わった直後に気絶したらしく、そのままシラードさん達に運ばれる形で病院に搬送されたそうな。

ダンジョン内から下界への緊急搬送だなんて、どう見ても悪目立ち案件だったが、そこはシラードさんとクラン〝燃える氷剣〟のメンバーさん達の力添えによってことなきを得たらしい。

しかもシラードさんの支払いで、超高い病院の特別個室で療養だぜ！

何がヤバいって内装がどう見ても高級ホテルのソレなのよ。

ただの過労（と術の反動と肉体のリミッター外したツケとフロー状態による【四次元防御】の過剰行使）にここまで手厚い療養施設を紹介してくれるなんて、ほんとシラードさんは人が良いぜ！

やっぱ持つべきものは五大クランの一長とのコネクションだよね、ガハハ！

◆ダンジョン都市桜花・巣鯉多海病院　特別個室

『そう！　今回の一件で私は確信しました！　彼、シミズキョウイチロウ君こそがこれからの冒険者業界を担う風雲児なのだと！』

テレビの向こうで、シラードさんがとんでもないことをほざいていた。

えっ？　なにこれ？

夢、夢だよね？　頼むから夢だと言っておくれよ。

「あー、これねー」

隣で甲斐甲斐《かいがい》しくリンゴの皮を剥きながら、遥《はるか》さんが解説を入れてくれた。

「シラードさんが今回のことを大々的に言いはやす為に各種メディアに依頼したんだよ」

そっかー今日だったかー、と暢気に剥いたリンゴ（何故か天守閣の形をしていた）を頬張りながらうんうん、と頷く恒星系。

いや、なんで人の病室で無駄に芸術点の高いリンゴ量産して自分で食ってんだよ。

ちょいと自由すぎやしないか、遥《はるか》さんや。

「しかたない、では凶さんには特別にこのクラインの壺《つぼ》型リンゴを譲ってしんぜよう」

「あんがと……んっ、甘い――――ってそうじゃなくて　会見だよ、会見！」

遥《はるか》の言い草を信じるならば、シラードさんは今回の件、つまりケラウノス調伏のあれこれについて話しているはずなのだ。

だというのに……。

『その時、キョウイチロウ君はこう言ったのです。〝ここは俺に任せて先に行け。コイツとタイマン張るのはこの俺だ〟と！』

『相手はとても恐ろしい獣でした。しかしキョウイチロウ君は自分の身の危険も厭《いと》わずに黒雷の獣の雷撃を気合と根性だけを頼りに耐え抜いたのです！』

『〝人類皆、兄弟。家族を助けるのは当たり前だろ？〟と豪快に謳《うた》いあげた彼の姿を目にした時、私は涙が止まりませんでした。皆さんもなにか困りごとが出来た際には、是非彼に頼ってみて下さい。義理と人情に厚いあの快男児の手にかかれば、どんなトラブルでも立ちどころに解決へ至ることでしょう』

ねぇ、このキョウイチロウ君って誰っ⁉

そんな爽やかナイスガイ、ケラウノス戦には参加してなかったよね⁉

「えー、そうかなー。そりゃあシラードさんの会見はちょこっと誇張されているかもだけど、凶さんって割かしいつもこんな感じじゃない？」

「こんな感じじゃねぇよ」

このキョウイチロウ君、絶対にケツドリルとかしないだろ。

ヒャッハーとか叫んだら解釈違いとか言われそうだ。

「ていうか、俺以外の部分も大分脚色されてるなぁ、コレ」

ユピテル周りのエピソードなんてまるで別物だ。

何故かケラウノスがユピテルばかりを攻撃する最低DV野郎（まぁ、本物も目くそ鼻くそだったが）になっているし、〝燃える氷剣〟を抜けた理由も、キョウイチロウ君の熱き義侠《ぎきょう》の心に触れたからという少年漫画チックなものに変わっている。

おいおい、これではまるで、

「……まさかこの会見の目的って、」

「気づいた？」

にしし っ、と恒星系がいたずらっぽく微笑む。

「ユピテルが円満な形でウチに移籍したんだと周りにアピールする為に……」

「そ。しかも〝燃える氷剣〟の総意なんだってさ」

意外にも〝燃える氷剣〟の皆さんはユピテルに好意的だったそうだ。

「凶さんが寝てる間にちょっと機会があってさ、〝燃える氷剣〟の人達と話をしたんだよ。そしたらみんな、口々にユピちゃんをよろしくお願いしますーって言って頭を下げてくれたの」

びっくりしちゃった、と語る恒星系のまなじりは、まるで柔和という言葉の見本のような柔らかさで満ちていた。

「きっと不幸なすれ違いがあっただけで、みんなユピちゃんのことが大好きだったんだと思う」

「そっか」

少しだけ胸が熱くなる。

そうだよユピテル、お前は沢山の人に愛されているんだ。

「だからあたし達も負けてられないねっ、ユピちゃんに古巣の方が良かったなんて言われないように頑張らないとだよ」

「あぁ、もちろんだ。それはそれとして、もう一つ気になることがあるんだが、聞いてもいいか？」

「なになに？」

サファイアのような瞳を瞬かせながら、ベッドの方へと肩を寄せる恒星系。

肩の露出した蒼のキャミソールは大変涼しげで麗しく、素材が極上なこともあってかえらく輝いて見える。

それは良い。大層良いんだが、

「お前さ、ずっと病院にいない？」

数拍の沈黙が流れた後、奴は言った。

「エー、ソンナコトナイヨー」

わざとらしいくらいの片言だった。

「この三日間色んな人がお見舞いに来てくれたけど、お前ずっと一緒にいたじゃん」

「ずっと一緒にって……もうっ、大げさだな凶さんは。ちゃんと消灯時間はお暇《いとま》してるでしょ？」

「いや、看護師さんに聞いたぞ。お前消灯時間も病室《ここ》で過ごすとか宣ってたらしいな」

「だって、こんなホテルみたいな病室に泊まれる機会なんて、中々ないんだもんっ」

「じゃあ、その辺の高いホテルに泊まればいいだろ」

「分かってないなー、凶さんは」

ちっちっち、と芝居がかった仕草で指を振る恒星系。

「高級なホテルに泊まるのと、高級なホテルっぽい病室に泊まるのとでは、カニとカニカマくらい意味が違うんだよ？」

「だからカニ食えって話だろ」

カニカマをディスるわけではないが、どちらか好きな方を食べていいと言われたら俺は間違いなく本物を選ぶ自信がある。

恐らく、大抵の人もそうだろう。

「えー、あたしはカニカマ食べるけどなー」

しかし遥《はるか》さんは違う意見をお持ちのようで。

「だって、違うお魚のすり身から製造業者さんがあれこれと試行錯誤しながら似せて作ってるんだよ？　本物に似せるぞーって想いがたっぷり込められてるんだよ？　これってとってもワクワクしない？」

特にワクワクはしなかったが、遥《はるか》が何を言わんとしているのかは大体理解できた。

「似せようとする努力の分だけ想いが乗っかってる、みたいな認識で合ってるか？」

「合ってる、合ってる！　あたし、昔っからそーゆーのが好きでさ。ちっちゃい頃からなんとかっていう模造品のダイヤモンド――」

「ジルコニア？」

「そうそう、それそれ！　――そのジルなんとかさんを、お小遣い貯《た》めて集めてたりしたんだ」

ちっちゃい奴だけどね、と言って遥《はるか》が首元につけられた星型のネックレスを見せてくれた。

その際、ふぁさっと長い髪をかきあげたせいで爽やかな柑橘系の香りが俺の鼻孔をくすぐり危うくトリップしかけたのだが、なんとか理性の維持に成功。

そのままネックレスだけに視線を寄せて、感想を述べる。

「全然安っぽくないな。むしろ見れば見るほど引きこまれるというか」

「でしょー、しかも大きくておまけに青い！」

やはり、青は譲れないらしい。

「まぁ、そういうこだわりみたいなものがあるってこったな。――了解したよ、そういう事情っつーか趣味なら？　好きなだけここに入り浸ればいいさ」

話し相手が傍にいてくれた方が、俺としても心強いしな。

「えへへー、ありがとー。でも、遥《はるか》さんがここにいる理由は、実はそれだけではなかったりします」

「へぇ、他にどんな理由があるってんだよ」

すると遥《はるか》は、手入れの行き届いた人差し指をそっと自分の唇に押しつけて言ったのだ。

「それはヒミツですっ」

◆ダンジョン都市桜花・巣鯉多海病院　正面玄関前

それから四日後、無事退院の日を迎えた俺は、「もうちょっと居たい！」とぐずる健康優良児を無理やり引っ張りながら病院の門扉を出た。

「ねぇ、せめてもう一泊ぐらいしてから帰ろうよぉ」

「ダメに決まってるだろ」

お前どこも悪くないじゃん。

めっちゃ健康じゃん。

「いやー、分かんないよ？　まだあたしも知らない未知の病が……」

「帰るのめんどくさいからって理由で検査入院した奴がよく言うぜ」

「ちゃんと看護師さんとシラードさんに許可取ったもん。検査も受けたもん」

「で、医者にケチのつけようのない健康優良児だ、って驚かれたんだろ」

「うん！」

じゃあ、もう絶対だめじゃん。

今、この世で一番病院を必要としていない稀有《けう》な人類じゃん、お前。

「これ以上病院側に迷惑かけるわけにもいかないし、早いとこ家に帰るぞ」

「……ケチ」

「常識人なだけだ」

本音を言えば、こんなしょうもないことでシラードさんへの借りを増やしたくないという下心もあるのだが、まぁ言わぬが花というやつだ。

ジェームズ・シラード、本当に不思議な男である。

真意を隠したまま俺達に接触したり、どうしようもない理由があったとはいえ、半ば追い出すような形でユピテルを移籍させたかと思えば、ケラウノスの調伏に全面協力してくれたり、一芝居打ってユピテルの門出を祝ってくれたりもする。

ありがたいやら、憎たらしいやら、申し訳ないやら、けどやっぱり会見のことは許せねぇやら――なんて言えばいいんだろう、あの爽やか腹黒イケメンって評価するのがすっげぇ難しいよね。

一筋縄ではいかないどころか、百本以上の縄で縛っても余裕綽々《ハッハッハ》と笑いながら抜け出しそうである。

とりあえず『入院費用とは別に、今回の件の謝礼を考えておいてくれ』とのことなので、結構な無茶ぶりをしてやろうと、画策中。

まぁ、何はともあれ今後ともシラードさんやエリザさん、そして〝燃える氷剣〟の皆さんとは仲良くやっていきたいものである。

んでもって、将来あそこにヒロインの一人が加入した暁には――ぐへへ。

「なんかやましいこと考えてる」

「考えてねぇよ」

ちょっとヒロインからサインもらって額縁に飾ろうと思ってるだけだよ！　すっげぇ紳士的だろ！

とはいえ、ダンマギオタクの心の叫びを明け透けに披露するわけにもいかないので、無理やり話題をチェンジする。

軌道修正、というやつだ。

「ふぅ。しかし話は変わるが、この辺も大分、暑くなってきたなぁ」

「下手！　話題の転換がへたっぴすぎるよ凶さん！」

なんでじゃ！　天気デッキの汎用性は、万国共通なんだぞ！

「空もカラッと晴れあがってるし、いよいよ梅雨明けも近いのかもなー」

「ちっともヘコたれてないよこの人！　ある意味鋼のメンタル！」

「そらって青いよなー、くもは白い」

「いよいよ感想が園児のソレだ！」

そんなアホな会話を繰り広げながら二人並んで駐車場を横切っていく。

見知った人影と目が合ったのは、それからすぐのことだった。

「迎えに、きたよ」

銀色の髪の少女だ。

瞳は紅く、背丈は小柄。

今日は白のワンピースと麦わら帽子でめかしこんでいる。

「ユピちゃんっ！」

わぁっ！　と瞳を輝かせた恒星系が力いっぱい少女を抱きしめた。

「無事に帰って来たよ、ユピちゃん」

「うん。おかえりなさい、ハルカ」

いや、お前は最初から最後までずっと元気だっただろ。

「キョウイチロウもおかえり。元気になった？」

「お陰さまでな。ゆっくり休めたよ」

こっくりと、謎の頷きで返すちんちくりん。

表情は相変わらずの無表情である。

「姉さんとアルは？」

「二人共家でパーティーの準備をしている。ワタシはお迎え係」

お迎え係か。そりゃあ、また随分と重要な役所《やくどころ》を任されたものだ。

「じゃあ、ちゃんと俺達をエスコートしてくれよお迎え係さん」

「まかせて」

とん、と小さく胸を叩く銀髪ツインテール。

ほんのりと上気した紅の瞳は、心なしか自信に満ち溢れているように見えた。

◆ダンジョン都市桜花・第八十八番ダンジョン『全生母』

……見えただけだった。

傾斜が急な山道に鳴り響く二つの足音。

一人は俺、もう一人は遥《はるか》。

そして本来であれば聞こえてくるはずの三つ目の足音の主はというと――

「おい、お迎え係さんよ、これは一体どういうことだい？」

「……むねん」

背中越しから流れてくるバツの悪そうな声。

退院したての元患者におんぶされる少女の姿がそこにはあった。

「自分の体力の少なさを、甘くみつもっていた」

甘く見積もりすぎだろ。

なんで病み上がりの俺が、小六女子を背負って山登りをしなければならないのだ。責任者出てこい。

「ちょっと眠くなってきた」

責任者は背中で眠そうにしていた。クソッ、やりたい放題じゃないか！

「まーまー。せっかくユピちゃんがあたし達を誘ってくれたんだし、少しくらいのことは大目に見ようよ」

「そういう台詞はコイツをおぶってから言え。――いつでも代わってやるぜ遥《はるか》さんよォ」

「えー、遥《はるか》さん、太刀《たち》より重いもの持ったことないし……」

そこは嘘でも箸《ハシ》って言っておけよ。太刀じゃか弱さアピールにはならんだろうに。

「で、ユピテル。目的の場所はそろそろなのか」

「うん。もうちょっと登ったところにある」

そうかい、と雑に頷きながら、険しい急勾配《きゅうこうばい》を踏破していく。

これも筋トレの一種と思えば、やってやれないことはなかった。

『ウチへ帰る前に、二人に見てもらいたい場所がある。ちょっと遠いところだけど、ワタシについてきて』

――そんなことをユピテルが言いだしたのは、病院を出てすぐのことだった。

これまで積極的に何かを主張してこなかったユピテルの発案ということもあって、俺達は二つ返事で彼女の寄り道に付き合うことにした。

最初はとても楽しかったよ。

バスと路面電車を乗り継ぎながら、三人で桜花の街の景色を堪能したりしてさ。戦いのない冒険もたまには良いね、なんて馬鹿なことを遥《はるか》が言ってたっけ。

昼食に食べたかき揚げ蕎麦《そば》も美味しかったなぁ。病院では油ものとは無縁の食生活を送っていたから胃袋が喜んじゃって、喜んじゃって。つい三回もお代わりを頼んでしまって胃もたれしそうになったことも、いつかきっと良い思い出になるに違いない。

――雲行きが怪しくなってきたのは、移動手段が徒歩に限られる場所まで着いてからのことだった。

第八十八番ダンジョン『全生母』、桜花五大ダンジョンの一つにも数えられる五十層超え《オーバーフィフティ》ダンジョン。

まさかの場所に誘《いざな》われた俺達は、その足で施設の中を回る――なんてことはせずに、ユピテルの案内に従って、敷地《しきち》内にある山道へと足を運んだのである。

そしてこのチビッ子お迎え係は、登山早々に音を上げやがったのだ。

スタミナがないにも程がある。

精霊の力でブーストされて、この体たらくだ。

いよいよもって、凶一郎《きょういちろう》ブートキャンプを開く必要が出てきたのかもしれない。

まぁ、前と違って自分から「おんぶ」を頼むようになったのは成長と言えなくもないが……

「楽チンチン」

……本当に成長なのだろうか。

なんかふてぶてしくなっただけのような気もする。

あとチンは一個でよろしい。

◆

それから更に山を登ること三十分、ようやく俺達は目的の場所へと辿り着いた。

「着いた」

よちよちと、俺の背中から降り、足元に細心の注意を払いながら前方の風景の中に溶け込んでいくユピテル。

「うそ……っ」

横の遥《はるか》が思わず息を呑《の》んだ。

それだけ衝撃的だったのだろう。

気持ちはよく分かる。

これはまさに絶景だった。

視界に映っているのは、色とりどりの花達だ。

いや、四季折々の花達と述べるのが正解だろう。

紫陽花の隣で向日葵《ひまわり》が咲き、満開の桜の樹《き》の下で秋桜《コスモス》と彼岸花が肩を寄せ合っている。

薔薇《ばら》があった。百合があった。ガーベラが、マリーゴールドが、金木犀《きんもくせい》が、サザンカが、雛菊《ひなぎく》が、シクラメンが、チューリップがあった。

四季の花々総出の百花《ひゃっか》繚乱《りょうらん》。

楽園と呼ぶほかに、この場所を形容する言葉があるのだろうか。

「これ、全部本物なの？」

遥《はるか》のもっともな質問に花園を歩く少女がこっくりと頷く。

「本物。ジェームズは、ダンジョンの影響だって言ってた」

五大ダンジョンのようなボスの力があまりにも強すぎるダンジョンは、時として外界にすら影響を及ぼす。

恐らくは〝全生母〟の持つ天井知らずの生命力が、この奇跡のような生態系を作り出したのだろう。

やはり五大ダンジョンは格が違う。そう思わせるだけの説得力が、目の前の花園には確かにあった。

「ここの花達は、枯れないの。ずっと美しい姿を保ったまま」

一種のパワースポットなのだとユピテルが教えてくれた。

ダンジョンから発せられる〝全生母〟の影響を特に強く受けやすいこの場所は、組合と〝燃える冰剣〟が共同で管理しているのだという。

「ジェームズのところにいた頃は、よくここに来ていた」

「どうやってここまで？」

「エリザによく連れて来てもらった」

ダンジョン『全生母』は、〝燃える冰剣《Rosso&Blu》〟のホームでもある。

だからきっとこの場所は、ユピテルにとって自分の庭のようなものだったのだろう。

「ワタシ、ここが好きだった。ここにいる人達も好きだった。エリザも、ジェームズもみんなみんな、大好きだった」

懐かしむように、そして少しだけ憂いを秘めた表情で、季節外れの桜の樹を見上げる麦わら帽子の少女。

その立ち姿があまりにも様になっていたものだから、俺は思わずスマホのカメラでユピテルの姿を捉えそうになっていた。

「キョウイチロウ？」

「っと、悪い悪い。その、なんだ……あまりにも綺麗だったものだからさ」

「分かる、よ。ここはとっても美しい場所だから」

ほんのりとした勘違いを抱えたまま、こっくりと頷き微笑む少女。

……微笑む？

「ユピちゃんっ」

「お前、今……」

「？」

かつてない最大級の変化に本人だけが気づいていない。

俺は素早くスマホのカメラアプリを起動し、手鏡《ミラー》機能で反射するように設定したスマホの画面をユピテルの傍に行って見せつける。

少女の紅い瞳が驚愕《きょうがく》と、歓喜の色に染まったのはそれからすぐのことだった。

「ワタシ、笑えてる……」

満開の笑顔というわけではない。

口角が少しだけつり上がり、瞳が僅かに細まった、そんな微笑《びしょう》。

けれども、少女の顔は紛れもなく笑っていた。

狂気に侵された哄笑《こうしょう》ではない、控えめで優しげな笑顔。

それはこの花園に咲くどんな花々よりも可憐《かれん》で尊い花だった。

目頭がじわりと熱くなる。

隣の遥《はるか》は既に落涙していた。

誰かを傷つけないようにずっと感情を押し殺してきたユピテルが、初めて《ようやく》笑ったのだ。

悲劇があった。

苦悩があった。

戦いがあった。

けれどもその果てに、笑顔《救い》は確かにあったのだ。

「今日、ここに二人を呼んだのはね、ワタシの始まりを見届けてもらう為。大好きだったこの場所で、ワタシは新しいワタシを始めるの」

雲一つない青空の下で、ユピテルはいつもの調子で語りだす。

「……ワタシは、っく……ワタシは」

これまでのことを思い返していたのか、これからのことに想いを馳《は》せていたのかは分からない。

けれども、ひとつの事実としてユピテルは泣いていた。

顔をくしゃくしゃにしながら、年相応に流した大粒の涙は、こいつがもう誰にも縛られていない証《あかし》に他ならない。

誰かを傷つけない為に感情を抑えていた少女が、笑って、泣いているのだ。

勝ち取ったものの大きさと尊さに、俺の涙腺はとうとう決壊して熱い想いを頬に流す。

「ワタシは……これから、……っく……いっぱい、幸せになるよ。大好きな、みんなに囲まれて……ううっ、世界で一番、幸せな……子に……ううう っ……」

止めどなく落ちていく涙の雨を必死に抑えながら、俺達はユピテルの言葉を待った。

そうさ、ユピテル。

誰よりも優しくて、いっぱい頑張ってきたお前ならきっと、

「幸せな……子に……なるからっ」

続く言葉はいらなかった。

俺達は誰からともなく三人で抱き合い、そして目一杯泣きながら、笑い合ったのだ。

溢れ出す感情の雫《しずく》。

けれども、黒雷が降ってくる気配はない。

空は相も変わらず快晴で、穏やかな陽光が俺達を優しく照らしていた。

きっと俺達は、生涯この光景を忘れない。
奇跡の花園に咲いた笑顔の花の美しさをずっと、ずっと覚えている。
ずっと、ずっと――

◆◆◆

夢を見る
ひとりぼっちの知らない子に、ワタシがそっと手を差し出すそんな夢
手を握って、お名前を聞いて、ワタシも名乗る
その子が困っていたら、一緒に困ろう
その子が笑ってくれたら、ワタシも笑おう
そうやって人知れず泣いている誰か《ワタシ》と友達になっておっきな輪っかを作るのだ
誰かの為じゃなく、ワタシ自身の為に、ワタシは誰か《ワタシ》を救いたい
そんな大それた夢を描きながら、ワタシは今日も幸せな現実を生きていく

第三巻　了

第四巻へ続く

あとがき

黒雷の少女の物語を、最初に書き上げたのは忘れもしない二年前の五月五日でした。

我が国日本における五月五日というのは、言うまでもなく子供の日であり、彼女が新たな門出を迎えるのにこれ以上の日はないなぁ、と当時はしみじみと思ったものです。

そこから倍以上の加筆と、大胆なアレンジを施して出来上がったのが本作という事になるのですが、――――まぁ、もう全然違いますね。恐らく書籍版のみを追いかけて下さっている読者の方がウェブ小説投稿サイト「カクヨム」様にて提供させて頂いてる本作のウェブ版を覗《のぞ》かれたら、とても驚かれると思います。

――――嘘《うそ》だろ、全然違うじゃないか、と。

言うなればウェブ版は非常にシンプルで、書籍版は丁寧にユピテルという少女について書いているんです。

これはメディアの違いによるところが非常に大きくて、ウェブ小説という媒体でエンターテイメントを重視した小説を書こうとするとそんなに重たい話は書けないというか、「読者様を楽しませつつ、キャラクターを深掘りさせる」という技術と自信が当時の私には無かったんですね。

そんな私が二年という月日を経て、電撃の新文芸様に書く機会を与えてもらい、そしてカカオ・ランタン先生という偉大なるイラストレーター様に支えられて完成に至ったのが、「新生黒雷の少女」こと本作「チュートリアルが始まる前に　第三巻」となります。

特にカカオ先生に対する感謝はもう尽きる事がない程多大であり、もしも先生が担当でなければ、本作はきっと別物に仕上がっていたものでしょう。

特にエリザ。彼女は私が先生の作風にインスピレーションを受けて生まれたキャラクターであり、そして「新生黒雷の少女」エリザは紡がれてきたので、ある意味では、カカオ先生こそがこの物語の産みの親であるといっても過言ではありません。

そしてそんなカカオ先生と私を出会わせてくれたのは他ならぬ電撃の新文芸の編集様方であり、電撃の新文芸様とご縁を持てたのは、カクヨムのコンテストで入賞を果たさせて頂いたからであり、コンテストに受賞できたのは、ウェブ版を応援して下さった読者様方のお陰なのです。

そう考えると本当に色んな方々に助けられてここまで来たんだな、と改めて思った次第であります。

そんな皆様への感謝の気持ちを込めて、次の巻に繋《つな》がる特別なエピソードを用意させて頂きました。そう、あとがきの後もお話は続くのじゃぜ！　というわけでまた、次のお話でお会いしましょう！

お楽しみにっ！

■異伝　隻眼の従者と夢見の獣

◆

忘れられるということは、我々に与えられた祝福なのだと彼は言った。

辛い出来事、過去の悲劇。それらの傷が未来永劫あるがままに『負った者』を苦しめるのだとしたら、それは確かに〝地獄〟だ。

だから人間は、地獄ではない場所で生きる我々には忘れる権利があるのだと、彼は快活に笑いながら言ったのだ。

忘れてしまった少女と、忘れられた彼女を慰める為に唱えられたその独創性に欠いた教訓を、けれどもエリザ・ウィスパーダは生涯忘れない。

それであの子が幸せになれるのなら。

過去ではなく、今のあの子が笑ってくれるのだとしたら。

たとえ忘れてしまっても、仮に遠い場所へ────自分の一つ目が届かない場所へと羽ばたいていくことになったとしても〝それで良いのだ〟と納得することが出来た。

黒雷の少女。負った記憶《いたみ》を過保護な悪霊に奪われ続けたあの子のことを、エリザは毎日のように考える。

痛みは消えない。忘却の祝福は、決して彼女の元には訪れない。

――――だって、忘れたくないと胸の底から願ってしまうのだから。

痛くても、苦しくても、身が切れそうなほどに切なくとも。

穴のあいた瞳にはいつだって、あの子と過ごした思い出の日々が溢れ出す。

◆ダンジョン都市桜花・第八十八番ダンジョン『全生母』〝燃える氷剣〟クランハウス

「せんせーい、さようならーっ！」

「次のじゅぎょうも楽しみにしてるねーっ！」

「エリザ先生のじゅぎょう、とっても分かりやすくてだいすきっ！」

子供ならではの大きな手振りでさよならの挨拶を交わす異国の子供達。

少女達の口から流れる言葉は、全て「皇国語」と呼ばれるこの島国の言語体系によって統一されていた。

昼下がりのクランハウス。夢の国をモチーフに作られた広大にして幻想的な白亜の城。

その一角に設けられたこの『教室』で日々学びを得ている小さな妖精達の大半は、個々の理由によりこのクランハウスに住み込みで働く異国出身の子供達であり、そして言うまでもなく〝燃える氷剣〟の関係者でもあった。

年端が十にも満たない彼らの仕事は、専ら勉学に励むことにある。

特にこの国の公用語である「皇国語」の習得は、皇国に暮らす異国民達にとって半ば生命線ですらある為、どの子も日夜必死になって励んでいる。

平均二年、熱心な子であれば半年ほど。彼らがこの「最初の仕事」をやり遂げるまでに費やす期間は、目を見張るほどに短い。

その主たる要因は、教育者側――即ち〝燃える氷剣〟が扱うカリキュラムが徹底的に整えられているからだ。

桜花五大クランが一角〝燃える氷剣〟。ダンジョン都市に住まう異国出身者達の顔役として界隈にその名を轟かすエリザ達のクランであるが、しかしその「強み」が、独自の「教育」によって培われてきた「連帯感」の延長線上にあるものだということを知る者は、実は驚くほどに少ない。

〝燃える氷剣〟は、五大クランと数えられる組織の中において二番目に若い。

活動期間は約十二年。その間にダンジョン都市の一角を担うほどの成長を果たしたこの異国産業の複合協賛組織《コングロマリット》の起こりは、当時十七歳だったとある青年実業家が立ち上げた若年層向けのオンラインスクールにあった。

その青年実業家は、現在五大クランの一長として世に名を轟かせている。

そして当時彼のことを「お兄ちゃん」と慕っていた異国の少女は、秘書とメイドの職務を果たす傍らで冒険者活動と教職活動に明け暮れている。

「メイド長《エリザ先生》、学長《マスター》がお呼びです」

初夏の昼下がりに現れたエプロンドレス姿の女性教職員の呼びかけに応じ、エリザは学長室を目指した。

白く、それ故に汚れが目立ちやすいクランハウスの廊下は、しかし今日も溜息《ためいき》が出るほどに美しい。

これも教育の賜物《たまもの》が故である。

教職員の出で立《いた》ちが執事服とメイド服の二択という外側から見れば奇異極まりない職場環境も、その種の様式を至上とするエリザにとっては天国であった。

教育者は執事であり、メイドであれ。

――――ある功績により、学び舎《まなや》の絶対的服飾指定権《フォーマルライツ》を得ているエリザの理想郷は、今日も斯様に美しく、そして健やかにその役割を果たしていた。

◆ダンジョン都市桜花・第八十八番ダンジョン『全生母』〝燃える冰剣〟クランハウス・マスタールーム

およそ一般的なイメージにおいて、ジェームズ・シラードという男はとても華やかで情熱的だ。

白い肌、凜々《りり》しい顔立ち、身に纏うスーツはいずれも世に知れた大手海外ブランドの特注品で、趣味の車には優に億を超える金額《じょうねつ》がつぎ込まれている。

若く、壮健で、地位も名誉も経済力も兼ね備えた異国者達の顔役。

故に彼のファンは〝燃える氷剣〟のクランマスターの住まいに対して華美なイメージを抱く傾向にある。

しかしながら、現実は斯様にも味気がない。片目に映る主の部屋《マスタールーム》を一言で表すとするならば、それはまさしく〝忙殺〟だ。

無数の通信機器と書架の山。国を問わずの専門書が立ち並び、天面に立て掛けられた三面スクリーンからは各国のニュース番組がバラバラに流れている。

本人曰く、常に最新の情報に触れる為の措置なのだそうだが、三面スクリーンから、別の音と映像が流れ続ける部屋というのは、果たして仕事に適していると言えるのだろうか。エリザにはよく分からない感覚だった。

されど、ご主人様は「これが一番集中できるのだよ」と快活に笑い、そして実際に超人じみた仕事量を毎日のようにこなしている。

だからきっと、これで良いのだろう。ここがジェームズ・シラードの宮殿だ。

「やぁ、エリザ。今日も美しいね」

白亜の城《クランハウス》の主が、黒色の長机に両肘をつきながら、メイドに語りかける。

七月の昼下がりとは思えないほどに、室内は涼しかった。

「服と君。どちらが主でも従でもなく、互いが互いを支え合っている。君ほど見事にエプロンドレスを着こなす人間もそうはいないぞ、メイド長《クイーン》」

天井の三面スクリーンの映像がプツリと途絶え、丸型の照明が明るさを増し、そして聞き慣れた男の言い慣れた美辞麗句が耳を通り過ぎた。

彼のコミュニケーション術の基本は、兎角《とかく》相手を褒めることにある。

人間という生き物は非常に単純で、美しいものからの称賛をまるで神の言葉のように聞き入れる傾向がある――かつてある心理学者が説いたその言葉を体現するかのごとく彼はその美しい顔で相手を過剰なまでに褒めちぎるのだ。

異常なまでに敏《さと》い嗅覚で的確に相手の〝美点〟と〝美学〟を捉えながら。

「一介のメイドには過ぎた御言葉です、ご主人様」

「一介のメイド？　ハッハッハッ！　相変わらず冗談がうまいな、君は」

しかし、その笑顔の仮面も身内の前では少しだけ緩くなる。彼のことを「お兄ちゃん」と慕っていたかつての妹分を前にすれば、なおさらだった。

「趣味のコスプレが高じて専門の服飾ブランドを立ち上げただけでは飽き足らず、この桜花に十余りのメイド及びゴシック系列のコンセプトカフェを生み出して、挙げ句の果てには我が『スクール』の教員制服まで趣味色に染め上げた君のどこが一介のメイドだというのかね？」

「褒めすぎですわ、ご主人様」

「ハッハッハッ。褒めてないぞ、エリザ。驚きの感情が大きすぎて若干引いているくらいだよ」

「恐れ入ります」

高々一介のお兄ちゃんご主人様風情に我がメイド道を止める術なし、と表情で言外に伝えながらエリザは「それで」と、一応の主に本題へ入れと促した。

「本日は一体どのような御用件でしょうか。今月のご主人様当番は、あの金髪裸族もとい我らが麗しき副クランマスター様のはずですが」

一度。二度。三度と辺りを見渡せども、マスタールームにあの姦《かしま》しい星条旗ビキニ女の姿はなかった。

「ヴィクトリアならばここにはいないよ。彼女には急遽《きゅうきょ》、『奈落』のヘルプに向かってもらった」

ヴィクトリア・シルフィード。現〝燃える氷剣〟における序列一位の女傑。あらゆる意味でエリザと対照的な彼女は、自他共に認めるシラード純愛《ガチ》勢の筆頭格である。

そんな彼女が月初め早々に担当秘書官を降ろされ、ダンジョン探索に向かわされたことを思うとエリザは少しだけ良い気分になった。

「四十層級を一から、でございますか」

「なに、彼女の〝無敵艦隊〟ならば、距離は問題ではあるまい。早ければ明日にでも最前線組に追いつくだろうさ」

主の推測は正しい。「服なんてどれも同じデース！」などと抜かす常識のネジが何本も外れた女であるが、ヴィクトリアの航空能力は群を抜いている。空間基礎設定《アベレージ》が百キロを超える広大な『奈落』の空も、彼女にかかれば「狭い」の範疇《はんちゅう》だ。

……しかし、ということは。

「我がクランのナンバーワンとナンバーツーが『奈落』に揃うわけですか。来月の最終階層守護者戦がとても楽しみでございますね」

エリザの指摘に、灰髪の偉丈夫は快活な微笑で返し、

「加えて今朝上がった報告によると、どうやら『絶界』組も順調に進んでいるらしい」

「あちら側のメインメンバーには確か、バアル様とノアお嬢様が――」

そこでエリザは初めて違和感を覚えた。

ダンジョン『奈落』、ダンジョン『絶界』。いずれも四十階層超えの大規模ダンジョンである。

「そうだな、エリザ。我が〝燃える冰剣〟の頂点を飾りし誉れ高き〝四大霊者《Elemental》〟が、図らずも同時期に二手に分かれる形と相成ったわけだ」

〝四大霊者《Elemental》〟、亜神級《スプレマシー》最上位以上のメンバーで構成された〝燃える冰剣〟の最高幹部達であり、現行の戦力序列四天王《トップフォー》。

五位のシラードと六位のエリザと比較しても隔絶した実力を持つ彼らには幾つか共通点があった。

例えば彼らは、皆一様にシラードの信奉者だ。

その愛は彼がただの教師だった頃から変わらず、シラードが真神級単独討伐《ジンソロクリア》の栄光を摑んだ時に頂点へと達し、その後ある事件により、精霊の位階《レベル》を二段階も引き下げられた後も全く曇ることはなく……そして。

「ご主人様」

「何かな、エリザ。横道に逸れるなと言いたいのかね」

「いいえ」

隻眼の従者の瞳が険しさを増す。アイスブレイクの時間は、とうの昔に過ぎていた。

「ヴィクトリア様の『奈落』送り、それに伴い〝四大霊者〟の皆様が揃ってダンジョンに釘付《くぎづ》けとなりました」

「偶然にもな」

そして彼らは、あの子の除籍に肯定的だった。

同情の声を持つ者、そもそも無関心だった者、除くだけでは飽き足らず、より重い罰を下すべきだと唱えた者もいる。

だが、エリザを除く最高幹部達は皆最終的にはあの子を「除くべき」だと結論付けた。

数多の人種が集う〝燃える氷剣〟は、それ故に様々な力場と派閥が入り乱れたクランである。

良く言えば多様性に満ちており、悪く言えば混沌とした異国民達の楽園は、だからこそ協調性を正義とする。

そこにクランの輪を乱すどころか、仲間を傷つけ悪名を広めるような者が現れれば、たとえそれが小さな子供であろうとも、

「ご主人様」

銀髪のメイドは、己のエプロンドレスを強く握り、努めて冷静な声で主にその是非を問うた。

「あの子に、ユピテルの身に何かあったのですか？」

「恐らくは、ない」

灰髪の偉丈夫は笑う。しかしその微笑は、いつものような華やかさとは対極的な、

「しかし万が一を疑われる可能性が浮上した」

ゾッとするような冷たさを秘めていた。

「『残夢』のダンジョンは覚えているかね？」

「全三十層。精神干渉系の精霊を主としたダンジョンでしたね」

ダンジョン『残夢』、エリザが五つ目の天啓《レガリア》を獲得した場所でもある。灼熱《しゃくねつ》と極寒の二面性を持つ過酷なダンジョンは、しかし不壊《アダマント》の肉体を持つエリザにとっては「造作もない」次元であった。

だが、その懐かしき次元に――

「妙な敵が出没するようになったという噂《うわさ》が流れ始めてね。二十四層の夜、正確には午前二時から四時の狭間《はざま》に『黒い獣』が現れ、冒険者達に襲いかかるのだそうだ」

「被害の規模は？」

「幸いにも死者は出ていない。しかし襲われた者は幸運な一名の帰還者を除き、皆眠っている」

いずれも〝燃える氷剣〟の関係者達であり、意識不明者の数は十六名。一大事である。そしてよくここまで隠し通せたものだ。

恐らくは、ヴィクトリア達ですら摑めていないトップシークレット。それをここで自分に開示した理由を考えながらも、ひとまずエリザはこの時点での見解を述べた。

「突然変異体《イリーガル》ですか」

「鋭い指摘だね。概《おおむ》ね同意するよ」

踏破《クリア》済みのダンジョンに新たな敵が現れたとなれば、それは間違いなく突然変異体《イリーガル》の仕業である。稀少《きしょう》ではあるが、未曾有ではない。だというのに、主の返答はどうにも歯切れが悪かった。

「ご主人様は、他の可能性があるとお考えなのですか」

「いいや。私はそうは思わない。しかし現状唯一の意識ある目撃者が、とても気になることを言っていてね」

それが全ての始まりだった。

七月の始まり。ある少女に訪れた幸福な結末の裏側。

そして、

「彼曰く、その化物は黒雷の獣《ケラウノス》に酷似していたのだそうだ」

隻眼の従者ともう一つの夢を巡る物語は、こうして幕を開けたのである。

◆少女について1

最初は一言も話してはくれなかった。

見知らぬ土地に来たばかりだというのに眉根のひとつも動かさず、まるで人形のように彼女はじっとしていて、出された食べ物に口をつけようともせず、ぼうっと部屋にこもりきりで。

〝おはようございます、ユピテル。今日も良い天気ですね〟

〝…………………………〟

抜け殻のような少女に、必要以上に構った理由は、何故だろうか。

境遇が似ていたから？　――――否。自分は親に恵まれていた。あの子とは比べるのも失礼なほどに、友人にも、環境にも恵まれていた。己の望む人生を誇りを持って生きてきた。だから、浅い同情心で彼女の気持ちを分かるなどと言うべきではない。今までも、そしてこれからも、彼女の傷は彼女だけのものである。

ならば、それは義務感か？　――――これも否だ。自惚《うぬぼ》れでしかないが、自分にとって彼女ほど心を通わせられた子供はいない。

クランの生徒達は皆、エリザにとっての宝であるが、あの子はやはり特別だった。

何が特別だったのだろう？

どうしてこんなにもあの子の幸せを願ってしまうのだろう？

答えは出ない。

出たとしてもきっとそれは酷くつまらないものだ。

〝おはようございます、ユピテル。今日も良い天気ですね〟

〝…………………お〟

それでもエリザ・ウィスパーダは覚えている。

きっと生涯忘れない。

〝おは……よう〟

あの子と初めて交わした朝の挨拶を。

朝の日差しに照らされたあの可愛らしいおチビさんが、いつもの人形のような顔で、けれども少しだけ頬を染めながら、おはようと言ってくれた日のことを。

エリザは、いつまでも忘れない。

心の宝箱に大切にしまい続けている。

◆ダンジョン都市桜花・コンセプトカフェ『Erinnerung』

エリザが桜花に構えている十余りのコンセプトカフェの中でも、思い出の名を冠するこの店は、特に力を入れている店舗の一つだった。

『Erinnerung』、テーマはゴシックに、コンセプトはお決まりのメイドを置いて。

壁紙には赤薔薇のレリーフが刻まれた黒色系を、天井には金色のシャンデリア。壁飾りには純金製の食器を並べ、座席には赤みの深い木製の椅子を並べている。

二階建ての一軒家を贅沢《ぜいたく》に使った店内には、オーナーのこだわりとお客様へのサービス精神が奇跡的なバランスで両立を果たしている。

コンセプトカフェに求められるものは、完全なる本物ではない。アトラクションとして楽しめる〝エンターテイメント性〟である。

本物にこだわるあまりつまらなくなってしまっては、元も子もないのだ。現実感《リアリティ》ではなく、幻実感《ビリーバビリティ》。夢の国はここにあると訪れたご主人様に体感して頂くことこそが、コンセプトカフェの使命であるとエリザは考えている。

その点において、この『Erinnerung』は、満足のいく出来だった。

お出しする料理と装飾には最高の物を。キャストが身につけるドレスには、見目の良いゴシックドレスを。

来訪したご主人様やお嬢様にドレスを貸し出すサービスも好調だ。自前で服飾ブランドを持つエリザだからこそ実現できた「着られるコンセプトカフェ」のメソッドが界隈に与えた影響は非常に大きい。

着られて、遊べて、提供する料理は一流の洋食を。客層がご主人様ではなく、お嬢様に偏っているところまで含めて理想通りである。

「…………」

そんな現代のメイドの戦場には現在、女が一人だけ座っていた。

青のストライプの入ったレディース・スーツ。エリザがご主人様ではなく商談相手と相対する際に好んで用いる姿である。

午前九時五十分。約束の相手がここに来るまで後十分。その前に、

「(整理致しましょうか)」

湯気の上がったティーカップに注がれた紅の液体で喉を湿らせながら、エリザはご主人様《シラード》より賜《たまわ》った「獣の調書」に目を通す。

「(仮称・『残夢』の突然変異体《イリーガル》。出現エリアは第二十四層。特定時刻に発現し、明確な意志をもって冒険者を襲う生物型エネミー。その造形は)」

まとめられた目撃者の証言によれば、それは確かに黒雷の獣――――あの忌々しきケラウノスに

酷似していた。

大型のトラックを優に超える巨軀《きょく》に、あらゆる肉食獣の特徴をない混ぜにしたかのような異様なフォルム。体毛は漆黒。周囲には黒い雷を迸らせていたという報告もある。何よりも……、

「(目撃者は、ケラウノスの『顕現』を直接見たことのある人物だ)」

ボルツ・マゴット。シラード派に属し、ユピテルの処遇にも温和な態度を見せていた信頼に値する人物である。断定は出来ないが、ユピテルを貶める為にありもしない嘘をつくという可能性は限りなく低い。

そしてだからこそ厄介でもあった。中立の、どちらかと言えばあの子に好意的な立場だった人間からの証言である。

「(少なくともボルツ様は、『残夢』でケラウノスを見たと思っている。他の目撃者がいない以上、彼の言葉を前提に組み込む他にない)」

臍《ほぞ》を嚙むほどの激情に震えながらも、エリザは己に課せられた「狩人」としての役割を反芻《はんすう》し、状況の整理に勤《いそ》しんだ。

〝単刀直入に言おう。エリザ。君に真実の探求と討伐を頼みたい〟

ケラウノスを模した姿を持つ『残夢』の突然変異体《イリーガル》――――この極秘任務《シークレットミッション》の遂行に彼女が選ばれた理由は、端的に言えば適任であったからだ。

〝燃える氷剣〟が序列六位。一度は三位の領域にまで昇りつめ、ご主人様《シラード》を襲ったあの事件――――正しくは、その解決の為に主自らが用いた世界系天啓《レガリア》の発動コストに巻き込まれる

形――――でシラード共々二段階の零落《ランクダウン》をした今でも十指に入るほどの実力を持つ彼女は、間違いなく上澄みの猛者である。

そして何よりも、エリザはユピテルの守護者だ。〝四大霊者〟は元より、立場上ユピテルだけに肩入れすることの許されないシラードとは異なり、エリザは持てる力の全てを賭してあの子の味方で在り続けられる。

「(あの子の幸せは、もう誰にも壊させない)」

多くの辛苦の果てに、ようやく帰る場所を見つけることの出来た愛するおチビさんの為にも、『残夢』の突然変異体《ケラウノス》の正体を突き止めなければならない、と隻眼の従者が今一度深い決意を固めたその瞬間、

「――――」

ゆっくりと、店の扉が開いた。

退廃的なコンセプトをウリとする店内に、万象を刺し穿つような空気感が流れ込む。

大きく、そして異様な男だった。

黒のロングコートの隙間から垣間見える金属製の鎧《よろい》は時代錯誤も甚《はなは》だしく、獅子を彷彿《ほうふつ》とさせる西大陸製の兜《かぶと》に包まれたその頭蓋《ずがい》からは、いかなる感情も読みとることが出来なかった。

男の瞳は、エリザと同じく隻眼だった。しかし、その一つ目はエリザのように失ったが故のものではない。

黒鋼のナイトヘルムに覆われたその奥底――――バイザーと見紛《みまが》うばかりに輝く無機質な紅の光。

機械仕掛けのセンサーアイが見えた。二つではない。明らかに光源は一つである。それは機械の光だった。

「ようこそおいでくださいました。黒騎士様。私、〝燃える冰剣〟の――」

「〝八面玲瓏《オリハルコン》〟、いや今は〝アダマント〟と言うべきか」

二メートルを優に超える黒鋼の騎士から漏れ出た言葉に、エリザは懐かしさを覚えた。

「シラード共々、ルーキーに後れを取ったという噂を聞いた時は、思わず耳を疑ったが、その様子を見る限りあながち嘘でもないらしい」

随分衰えたな、とご主人様の、そしてエリザの知己である男は言った。

「ええ」

対し、エリザは涼しげな顔で頷く。失った力も、彼への敗北も、彼女にとっては些かの恥でもなかった。むしろあの時、彼に敗れたお陰でこの今に繋がっているのだから。

「だから貴方に声をかけたのです、黒騎士様」

僅かばかりの沈黙の後、黒鋼の騎士がエリザの対面の席へと腰を下ろした。

「店主、飲み物を一杯」

「それでしたら、期間限定のスパイダーズ・コットンキャンディがおすすめですわ。綿あめ《コットンキャンディ》を蜘《く》蛛《も》の巣《す》がきに見立てた、当店一押しの商品ですの」

余程の世間知らずでもない限り、冒険者は黒騎士の名を知っている。

曰く伝説の傭兵《ようへい》。

曰く百を超えるダンジョンを踏破した男。

星間戦争を指先一つで実現する男とも、得た天啓《レガリア》を喰らうことで無限の成長を続ける稀有な天啓《レガリア》を持つ天啓収集者《コレクター》とも、あるいは悠久の時を生きる魔人であるとも言われているが、それらのどこまでが真実で嘘なのか、エリザには分からない。

だが事実として彼は強く、そして群れない。

孤高の黒騎士。

定まった居場所《クラン》を持たず、高額の金銭報酬《インセンティブ》と引き換えにダンジョン探索を請け負う黒大鷲《おおわし》。それが黒騎士、七つの天啓《レガリア》を持つ生ける神話である。

「先程、ジェームズからの振り込みを確認した。依頼内容についても問題はない。事が終わるまでの間、私は君の幕下《ばっか》だメイド殿」

「心強いですわ」

ブリーフィングは、つつがなく終わった。

伝説の傭兵である黒騎士は非常に〝高い〟。一般階級のパーティーでは、まず雇うことは叶わず、それなりに上手くいっているクランでも余程のことがない限りは釣り合わない界隈の最高位階傭兵《ハイエンド》。しかしそれは裏を返せば、彼は金銭で動かせるのだ。正確には金銭報酬《インセンティブ》に加えて、彼の出す「条件」を満たせばという話らしいのだが、その辺りも含めて既にご主人様《シラード》が手配を済ませてくれている。

黒騎士は、シラードからの贈り物であり、最上級の支援だった。ポケットマネーでの一括払い。剛毅で過保護でどこまでも仲間想いなご主人様《お兄ちゃん》。

金髪裸族達《ヴィクトリア》が持つ情念《アイ》とは少し違う、しかし幼い頃から変わらぬ敬愛の念を胸に染み込ませながら、エリザは主より課された極秘任務の遂行に取り掛かる。

戦力はアダマントたる己と、黒鋼の騎士。倒すべき敵は『残夢』に巣くうケラウノスを模した何か。

「それで、いつ動く？」

「可能な限り早く。今から目標の二十四層《エリア》までどれくらいの時間を要します？」

「一日あれば事足りる」

流石、と騎士の実力を讃《たた》えながら、エリザは茶菓子《バタースコッチ》を取り分けて、

「それでは決行は二十九時間後、明後日《あさって》の夜と致しましょう。その間に私も、出来うる限りの調査を進めておきます」

「当てはあるのか？」

「信頼に値する殿方と話して参りますわ」

言いながら、エリザが思い浮かべたのは、彼女を下した新星《ルーキー》の顔だった。

◆少女について2

きっかけは、アニメだった。小学生の頃、たまたま夜更かしをして見た深夜アニメに映るキャラクターがとても可愛くて、幼心に推しや尊さという概念を植え付けられてしまったのである。

彼女が纏う純白のエプロンドレスは、どんな服よりも輝いて見えて、大きくなったら自分もこんな風になりたい、と強く焦がれた。

そのアニメの元となった作品がゲームだと知り、お小遣いを必死に貯めて買ってプレイをした時の喜びは、今でも忘れない。

恋愛シミュレーションゲームは、子供にとってとても新鮮で、長く遊べるゲームだった。

アニメとも、小説とも、漫画とも違う。音が出て、声がついてて、可愛らしいキャラクターが沢山出てきて、なのに深い。熱いもの、泣けるもの、考えさせられるもの。十歳の頃からサブカルチャーの深淵《しんえん》にハマったエリザ・ウィスパーダは、それを契機に己の在り方を掴み取り、今では自他共に認めるメイド長《クイーン》と相成ったのである。

だから、あの子にも薦めてみたのだ。

合う合わないは、あるだろうし、もしかしたら変な人だと思われるかもしれない。

だけど良い物語はきっと、貴女の人生に花を添えてくれるはずだから。

〝今日は貴女にプレゼントを持って参りました〟

〝なに、それ？〟

〝ゲームです。可愛らしい女の子がいっぱい出てくるとても素敵な物語《ゲーム》です〟

そうして、自分にとってかけがえのない、全てのきっかけとなった宝物《ゲーム》を一緒に遊んでみたところ、

〝ねぇ、エリザ〟

あの子は、言ったのだ。

〝このメイドさん。エリザに似てるね〟

ぽつり、と。画面を眺めながら。

〝とってもかわいいね〟

そんなことを、言ったのだ。

◆ダンジョン都市桜花・第三百三十六番ダンジョン『常闇』応接室

翌日のことである。エリザは、真偽のほどを見定めるべく、ユピテルの家族にアポイントメントを取った。

場所はダンジョン『常闇』、その応接室。黒革のソファに座るメンバーは、あの時の組み合わせからご主人様《シラード》を差し引いた計三人。

「凶一郎《きょういちろう》様、遥《はるか》様。お久しゅうございます」

ノースリーブの夏用エプロンドレスを揺らしながら、深々と辞儀を交わす。

少年と少女の反応は対照的だった。

少年は、ほんのりと顔を赤らめながら視線を泳がし、少女は他所行《よそゆ》きの顔でニコニコと微笑《にら》んでいる。

概ね予想通りの反応だ。青少年受けの良い夏服を選び、それが男子の方に刺さった。名うてのコスプレイヤーとしても活躍中のエリザにとって、己の美貌と服飾は、魅力《カリスマ》という名の武器である。故に見られることも、魅せることにも全くもって躊躇はない。

だから予想外だったのは……。

「お忙しい中、お時間を取ってくださったこと、心よりお礼申し上げます」

「いえいえ。今日はオフの日で、相棒《こいつ》と映画見るくらいしか予定がなかったんで、全然大丈夫ですよ」

「そうですよー。エリザさん。今日は相方《かれ》と二人っきりで話題の恋愛映画を見るくらいしか予定がなかったので、全然大丈夫ですー」

言っていることは同じはずなのに、

「(温度差がすごいですわ)」

一方が冷めているわけではないのだが、もう一方の温度が熱過ぎて、結果的にとてつもない温度差を感じる。そんな二人だ。あな、おそろし。

だ。

「(これは将来苦労なさいますわね、凶一郎《きょういちろう》様)」

「英雄、色を好む」という慣用句があるが、エリザに言わせれば「色は英雄の下に勝手に集う」のだ。

例えば、それは彼女の主であるジェームズ・シラードのように。

そして目の前のとても十五には見えない快男児にも、微《かす》かだが同じ匂いを感じた。

清水凶一郎《しみずきょういちろう》。この春に冒険者としてデビューを果たしたばかりの新人でありながら、既に幾つもの不可能を成し遂げてきた時代の寵児《ちょうじ》である。

そして何よりも彼は、あの子の実質的な保護者であり、エリザにとっての恩人でもある。

黒雷の獣に囚われていたユピテルを救い、自分達ですら叶わなかった『ケラウノス』の完全な調伏という偉功を立てた大英雄。

かく言うエリザも――――無論、あの子を助けてくれたことへの恩義が大半を占めるのだが――――万が一にでも彼に迫られたら、にべもなく断る自信はない。

少し隙のありそうなところも、メイドとしては仕えがいがありそうで、好感が持てる。

「わー。今日のエリザさん、とっても表情が柔らかくて素敵ですねー。すっごく綺麗で憧れちゃうなー」

とはいえ、エリザ・ウィスパーダ、二十四歳。どれほどの好物件であろうとも、十五歳の中学生に本気《ガチ》で入れ込むほど外れてはいない。

ましてや、同い年の少女のタンポポのようないじらしい歩みを踏みつけて取る気など毛頭《サラサラ》なかった。

「遥《はるか》様、今度是非一緒に服を買いに行きましょう。私、殿方の心を鷲掴《わしづか》みにするとっておきのコーディネートを知っておりますわ」

「なっ、何ですか急に。まぁ、時間が合えば、その……色々と、教えて下さい」

蒼色を好み、全体的に爽やかで晴れやかなイメージを纏う彼女であるが、しかしだからこそ、違う配色が映えるとエリザは思った。

「(ベースは黒とピンク。ゴシックに寄せつつも、やみかわ系の要素も入れてポップさを演出。ヘアースタイルは迷いますがストレートハーフツインですわね。小物にはうさぎのぬいぐるみを挟みたいところです)」

想像するだけで、熱い溜息が零れ出す。

極上の素材を前にして止めどなく滴る創作欲。淑やかな顔の裏に隠されたマグマの如き情熱がメイドの脳を焼き焦がすが、しかし――

「こほんっ」

咳払い一つで、隻眼の従者はタガの外れた己を律し、完璧なメイド長へと舞い戻った。

「それでは凶一郎《きょういちろう》様、遥《はるか》様。早速ではございますが本題の方へ移らせて頂きます」

声のトーンを少し下げ、簡潔にここ数日の出来事を話していく。

エリザがこの会合を設けた最たる理由は、アリバイの確認にあった。『残夢』のケラウノスが現れたその日、あの子はどこで何をしていたのか。

「時間が時間ですし、恐らくあの子も床についていたと思うのですが、凶一郎《きょういちろう》様。どんなことでも構いません。少しでも、気になる点がありましたら、私めに教えて頂けますと幸いにございます」

「……マジか」

少年は、汗をかいていた。額と首、そして手の甲からもじんわりと。汗が、溜まっていく。

予想外の、挙動不審とすら言える焦り方だった。

「────嘘だろ、そう繫がっていたのかよ」

「凶一郎《きょういちろう》様？」

「……いや、すいません。急に気分が悪くなって」

上ずった声で、駆け足気味の語り口で、彼は言った。

「あの、エリザさん。ここだけの話にして欲しいのですが────」

◆ダンジョン都市桜花・第三百三十六番ダンジョン『常闇』中央玄関口

二時間にも及ぶヒアリングを終え、外に出た頃には、空はすっかり夕焼け色に染まっていた。

「凶一郎《きょういちろう》様、遥《はるか》様。この度は私めに貴重な時間を割いてくださり、誠にありがとうございました」

成果はあった。予想外の、そして予想以上の成果が。

「このご恩は、近い内に必ずお返し致します。私のメイド人生の全てを賭した〝最上のおもてなし〟を期待していてくださいませ」

「わー、楽しみー。絶対みんなで一緒に行こうね、凶さん」

少女の可愛らしい反応とは対照的に、少年の反応はどこか重かった。

心ここに在らずというよりは、何か伝えたかった言葉を無理やり奥にしまい込んで、我慢しているかのような焦燥感《じれったさ》。

「凶一郎様《きょういちろう》」

ならば、とエリザは立派に育った己の双丘を突き出して言った。

「私はメイドです。そして貴方はあの子を救ってくださいました」

「アイツが頑張ったからですよ。俺のやったことなんて大したもんじゃない」

「それを決めるのは貴方様ではございません」

彼の両手に手を伸ばし、そのまま胸元へと引き寄せる。赤き黄昏。頬を撫でる夏の風。近くで蒼いネコがふしゃーと鳴いた。

「私は凶一郎様《きょういちろう》に、深い恩を感じております。貴方が望むのであれば、専属メイドとして仕えても良いと感じるほどに」

「せんぞくっ!? いや、そうじゃなくてあの、その……すっごく魅力的で正直、首を縦に振りたい自分がいるんですが、えーっと、遥《はるか》、どうしようっ！」

「ノーだにゃっ！」

口説いているわけではない。言わばこれは、譲歩的要請法《ドア・イン・ザ・フェイス》の応用法。大袈裟《おおげさ》な表現で相手の心理的障害を取り除き『この後《ですから》』に繋げる為の布石である。

「ですから凶一郎《きょういちろう》様、このメイドめに仰りたいことがありますのなら、何なりと申しつけくださいませ。貴方の言葉はご主人様の言葉でございます」

茜色の空に、猫の鳴き声だけが木霊する。幾許《いくばく》かの沈黙の後、エリザよりもはるかに大きな少年は、ゆっくりと、そして少しだけ申し訳なさそうに、

「なら、アイツに会ってやってくれませんか」

とても難しい願いの言葉を口にしたのである。

◆ダンジョン都市桜花・第百九十九番ダンジョン『残夢』第二十四層

『残夢』には、二つの顔がある。

昼の灼熱。夜の極寒。砂に覆われたこの次元を渡る為には、まず気候の落差に勝たなければならない。

最も熱い時間と、最も冷えた時間の気温差は、恐ろしいことに七十度。三十層級のダンジョンの中では特に環境設定が劣悪な砂塵《さじん》の次元に、今一組の男女が降り立った。

藍色の空に白色の降り月《くだづき》が浮かび上がる。一般的に扱われる温度換算にしてマイナス三十四度。吹雪く風に混じる〝粉〟は、グラニュー糖のように白い。

「黒騎士様、お加減はいかがですか？」

「その薄着で、私の心配をするのか君は？」

「私は平気ですわ。身体が丈夫ですゆえ」

しかし、吹雪く砂塵の世界を彼女達は、苦の色もなく歩いていた。

白く、白く、全てが純白色に染まった世界の中で色を持つ者は黒鋼の騎士と、銀髪の従者。そして、

「捉えましたわ」

それは黒いモヤだった。煙のように漂い、影のように暗い闇のヴェール。

前後左右天地無用の三百六十度。雪と砂塵の次元に相応しくない夜が、エリザ達の視界を覆う。

「やはり『結界型』か」

「そうでなければ、辻褄《つじつま》が合いませんものね」

契約精霊『アダマント』の加護の影響で、常に不壊の肉体を得ているエリザには、この程度の極寒は、ワケもない。

しかし、一般的な冒険者にとって、丑三《うしみ》つ時《どき》の『残夢』は、八寒の地獄と断じて差し支えないほどの冷気に支配された領域であり、一度でも気を失えば、ほぼ凍死は免れない。

「気温の上昇を確認。次元設定の改竄《かいざん》を検知。我々を中心とした半径百メートルの領域が切り離されている」

だから被害者が皆、意識不明という状態はあり得ないのだ。

過ごしやすい空間を自ら作り、倒した獲物は意識不明の状態で見つかった。

極寒の吹雪の中、あるいは夜が明けて灼熱の砂塵が猛威を振るう嵐の中で、意識不明のままあり

続けたという矛盾。

それはつまり、下手人が意図的に獲物を生かし続けていたということだ。

――一体、何の為に？

〝あくまで推測なんですけど、その突然変異体《イリーガル》。夢魔の類なんじゃないですか？〟

ご主人様《凶一郎》の推測は、正しかった。

『常闇』での会合の折、エリザがあの子のアリバイを問い質《とただ》した際のことである。彼は、その日の深夜、ユピテルと共に恋愛シミュレーションゲームの最新作を買い、それから明け方まで近くのファミリーレストランで携帯機《ゲーム》で遊んでいたことを教えてくれた。

この上なく、心強い証言だった。あの子がその日、『残夢』にいなかったという事実は、完璧な形で証明されたのである。

しかし、彼の言葉は、ここで終わらなかったのだ。

〝『残夢』って、確か精神干渉系の敵が多く出没するダンジョンでしたよね。そこに出てくる敵で、しかも噂のクソ環境で死者も行方不明者もなしってことは、精神を、それこそ夢みたいなものを食べるタイプの敵なんじゃないかなぁって〟

この敵は、出没する場所と時間が固定されているタイプの敵である。そして被害者は今も皆、深い眠りについたまま。

〝眠り続ける被害者。獲物を仮死状態で維持し続けている矛盾。精神干渉系を主題《テーマ》に置いた『残夢』という場所。これらの共通項を辿った上で発生した『ケラウノス』の正体を考えてみると、答

えは――――〃

「対象者にとっての悪夢を具現化する術式《スキル》、それが貴方の正体でございます」

切り離された闇の帳《とばり》に、黒雷の獣が嘶《いなな》いた。

ケラウノス。エリザの眼を潰し、〃燃える氷剣〃の仲間達に恐怖と憎悪を植え付けた悪しき黒雷。

そのトラウマを読み取り、悪夢としての姿を形取る幻想の魔物。なまじ『残夢《ここ》』が〃燃える氷剣〃の狩り場だったからこそ性質《たち》が悪かった。

「黒騎士様」

エリザは黒騎士に問いかけた。

「何が見えますか」

隻眼の従者が指差した先にあるのは、言うまでもなく憎きケラウノスである。恐らくは目撃者であるボルツを始め、〃燃える氷剣〃の多くのメンバーは、これをケラウノスと答えるだろう。だが……

「答えたくはないな。だが、お前達の言う黒雷《ケラウノス》の獣とは似ても似つかぬ化物だ」

巨大な爆撃音が耳をついた。瞬きの間に現れた大型の機関銃が黒騎士の両の手に収まり、無数の砲門が吹いて《ファイア》、吹いて《ファイア》、火を吹いて《ファイア》。

「どうやら私達は違う悪夢《てき》を見ているようですわね」

「現実を侵食する虚構《ユメ》の結界。気づかなければ、実力以上の相手も落とせる系統の怪物か」

迫る黒雷の獣を、エリザは右の拳打一つで吹き飛ばした。

『アダマント』によって金剛の化身と化したエリザの拳は、ビルを貫き、岩盤を崩す。鍛え抜かれた四肢から繰り出される拳術の速度は、弱体化の呪いを受けた今においてなお亜音速の域を超える。姿形を模した、ただのケラウノスの再現体では話にならなかった。

しかし――

「(こんなものに意味などありません。幾ら夢を殴ったところで、所詮は幻)」

その意見を証明するかのように、黒騎士が明後日の方向に機関銃を撃っていた。

「黒騎士様、どうやら『チャンネル』がズレ始めているようです」

精神干渉系のエネミーと相対する際にはよくある話なのだ。敵の幻と戦っている内に、味方と敵の判別がつかなくなり、最終的に同士討ちを始める展開《パターン》。

特にこの敵のような徐々に現実を侵食するタイプは、なまじ本物《リアル》が残っているだけに厄介だった。

「(対象を取る攻撃は不覚を取る恐れアリ。であれば)」

こうしている今もなお、闇は深さを増している。開戦当初は、鮮明に見えていたケラウノスの姿も今では輪郭の多くがぼやけている。視覚というよりも、見るという行為そのものが制限されていく感覚。

「黒騎士様」

夢の無明に声が響く。

「手筈通りに行きますわよ」

「こちらも準備は整った」

好きにやれ、と彼の声が闇の帳に響いた瞬間、エリザは己が天啓《レガリア》の名を唱えた瞬間、

「咲き誇りなさい、〈女神の白薔薇《アルバ・ロージア》〉」

目の眩《くら》むような白色の閃光が暗闇の帳をかき消した。

強い光と、用意《セット》された圧縮空気の爆弾が文字通り爆ぜ上がり、直径二百メートルにも及ぶ敵の円形結界全域を熱エネルギーと衝撃波の嵐で焼き尽くしていく。

〈女神の白薔薇《アルバ・ロージア》〉、術者の身すら巻き込む無差別性と引き換えに、一般型三十層級としては破格の殲滅《せんめつ》性を持った貯蓄連射型の空気爆弾。

不壊の加護を持つエリザとの相性は、論ずるまでもなく最高だった。

「随分と良い景色になりましたわね」

圧縮空気の解放を直《じか》に受け、なおも無傷。準崩界級《セミゼニス》の爆心地となった上でエプロンドレスに煤《すす》の一つもつけないままに、メイドは無明の剝がれた結界を歩いて回る。

視界は良好だ。本来の『残夢』が持つ「吹雪の夜」が、綺麗に視界に映っている。

「お疲れ様です、黒騎士様」

そして、黒鋼の騎士も当然のように無傷であった。彼の不死性のカラクリは、エリザにも、そしてシラードですら分からない。

エリザのような不壊系の加護持ちなのか、あるいは天啓《レガリア》の力によるものなのかは明瞭でないが、ともあれこの不滅性もまた、黒騎士の黒騎士たる所以《ゆえん》だった。

「そちらの方は？」

「あぁ」

黒騎士が、銀河色《ほし》の長剣を虚空に向けて振るいながら一言。

「既に断った」

全長三メートルを超えるその銀河色の長剣は、あらゆる法則を断つ天啓《レガリア》だ。

発動に対象への正しい認識と理解こそ要するものの、視えてさえいれば、霊術の発動や次元《ダンジョン》の法則《ルール》すらも活断する。

悪夢を具現化する結界すら、例外ではない。

「アレが、本体だ」

黒鋼の騎士が壊れかけの結界の果てを指す。

〈女神の白薔薇〉による空間爆破と、銀河の剣を用いた法則の活断による二重破壊が成った今、最早敵の勝ち筋はゼロに等しかった。

精神干渉系の精霊の強みは、その高い制圧能力にある。身体ではなく、心に作用する彼らの力は時としてはるか格上すらも御せるほどの可能性を秘めており、ギミックやルールを上手く隠し通すことさえ叶えば、無敵とすら言えるだろう。

「これは……」

だが、その制圧力の代償として、彼らは非常に脆《もろ》い。

一連の事件の黒幕であり、ケラウノスの姿を騙《かた》っていた悪夢の化物の正体は、一匹の仔馬《こうま》だった。

黒く、やせ細った一匹の仔馬が横たわっていた。

瞳は虚《うつ》ろ、息は荒く、己の脚で立つことすら叶わない。

弱く、可哀想な黒い仔馬。

何も知らなければ、手を差し伸べていたかもしれない脆弱《ぜいじゃく》な精霊。

けれど――

「っ!?」

仔馬の瞳がエリザを捉え、そして睨む。

次の瞬間、隻眼の従者の瞳に泣き叫ぶユピテルの姿が映し出された。

――あの子の泣き声が聞こえる。私のことを知らないと、ここがどこか分からないと泣いている。

――全てを断たれた気がした。築き上げたものが壊れていく恐怖に打ち震えた。

――眼を失ったことなど問題ではない。あの子さえ無事でいてくれたらそれで良かった。

――あれで良かったのか？　クランにいられなくなったあの子を、どうして見送ったのだ？

〝いや、もしもね。ユピテルが俺達と出会わずに、ひとりぼっちのまま今回の事件が起こっていたらと思うと何だかすごく怖くなっちまって〟

――青ざめた顔で彼が言った言葉が胸を刺す。

――見守るつもりでいた。たとえクランを離れても、何度あの子が私を忘れても守れると信じていた。

〝すげぇギリギリだったと思うんですよ。何か一個でもボタンがかけ違っていれば、きっとアイツは〟

――――忘れてしまうあの子が、身に覚えのない悪夢《つみ》を咎《とが》められた時、果たしてあの子は自分を信じられただろうか。

――――周りはあの子を信じただろうか。

「私は」

――――ユピテルが泣いている。私が分からないと叫んでいる。

「私は」

――――あぁ。私は間違えた。絶対に手放すべきではなかったのだ。ご主人様《凶一郎様》がいなければ、あの子の人生は、きっと。

◆

「申し訳ございません、凶一郎様《きょういちろう》。その願いを叶えることだけは出来ません」

その時発した声は、自分でも驚くほどに澄んでいた。

「あの子は今、ようやく幸せを摑んだのです。これまで苦しみ耐え抜いてきた分、目一杯幸せにならなければなりません」

エリザ・ウィスパーダの願いはいつだって一つだけだ。

あの子が、ユピテルが幸せに生きてくれればそれで良い。それだけで良いのだ。

「今は時期ではありません。過去《つみ》の象徴である私が顔を見せれば、あの子はあの雨の日のように辛い想いをするでしょう」

本音を言えば今すぐにでも、抱きしめたかった。離れた分だけ沢山お喋りをして、一杯ゲームをしたかった。

だけどこの失った瞳は、どうやってもあの子の重荷になる。

もう自分のことであの子が苦しむ顔は見たくなかったのだ。

「折角のご厚意を無下にしてしまい、申し訳ありませんが」

「いえ、大丈夫です。こっちこそ、無理を言ってすいませんでした」

彼は真摯に頭を下げ、ならばこれだけでも、と。

「ユピテルから手紙を預かっています。アイツなりに色々考えて書いたと思うんで、読んでやって下さい」

◆

信じられないと、仔馬の顔が震えていた。

目を合わせた対象の『最低の悪夢』と『最大の後悔』を再現し、終わりのない『精神の殺戮《さつりく》』を繰り返す最終奥義《ファイナルブロー》。

その直撃を受けたはずの女は、瞬きの内に正気を取り戻し、氷のように冷たい瞳でこちらを見下ろしていた。

「それで終《しま》いにございますか」

隻眼の従者の両の手が銀色の光を放つ。

吹雪く白夜に煌めく十本の鋼糸。あまりの切れ味故に、絶対に殺めると決めた相手でなければエリザが頑として使わない殺す為だけの天啓《レガリア》。

涙はない。罵倒はない。『最低の悪夢』と『最大の後悔』を見せられてなお、不壊のエリザは揺るがずに、

「ごきげんよう、突然変異体《イリーガル》様」

かつての〝八面玲瓏《オリハルコン》〟と呼ばれた全盛の強度を宿した天啓《レガリア》の糸が、悪夢の怪物を地形ごと切り裂いた。

◆ダンジョン都市桜花・第八十八番ダンジョン『全生母』〝燃える氷剣〟クランハウス・マスタールーム

こうして、もう一つの黒雷の獣を巡る事件は幕を閉じた。

『残夢』の獣の正体が、悪夢の結界を操る突然変異体《イリーガル》であることの証明は、大型の自動車ほどもある巨大な精霊石と、何よりもエリザが獲得した六番目の天啓《レガリア》が証明し、結果、誰の名誉も傷つくことなく、『残夢』の平和は取り戻されたのである。

「よくやってくれた、エリザ！　流石は我が腹心っ！　事件解決だけでは飽き足らず、抽選の壁を越えて六つ目の天啓《レガリア》まで獲得するとは、いやはや全くもって恐れ入るっ！」

「黒騎士様のお力添えがあってこそですわ、シラード様」

本来であればここに『常闇』で賜ったご主人様の華麗なる推論も加わってしかるべきなのだが、エリザは楚々《そそ》とした顔で黙っていた。

ご主人様にそう頼まれたからだ。

〝すいません、エリザさん。出来ればで良いんで、俺が言った推測《こと》、シラードさんには黙っていてもらえませんか？　いや、ほらアレでしょ？　あんまり俺がシラードさん達のことに関わり過ぎると、そっちに迷惑がかかるんじゃないかなぁって〟

要約すると、あまり探られたくない情報だから黙っていろということである。

出来るメイドは、主の言い分を完璧に察し、遂行するものだ。

そしてエリザには、それを察するだけの賢さと忠義があった。

「眠っていた者達も無事に意識を取り戻したらしい。黒騎士のご仁に支払った多額の報酬に目を瞑れば、ほぼ無傷と言っても差し支えがないな！」

「喜ばしい限りですわね」

口調こそどこか素っ気なさを感じるものの、エリザもまた安堵《あんど》に胸を撫《な》で下《お》ろしていた。

クランの仲間を救えたこと、新たな力を身に宿したこと、何よりもあの子の無実と幸せを今度こそ守れたこと。

それら全てを含めれば、ほぼ満点と言っても良いほどの大団円である。

……気になることがあるとすれば、一つ。

全てを終え、仕事を果たした黒騎士が感情の読めない声で発したあの一言。

〝エリザ、何を隠している。君が得た情報は、僅か一日で得たものではない。鋭すぎるんだよ、あまりにも〟

「（……おかしなことにならなければ良いのですが）」

風の噂によれば、黒騎士は何かを探しているのだという。

そこに神がかった推測能力を持ち、未分類の突然変異体《イリーガル》の正体を看破した新人が現れた。

探す黒騎士と、探り当てる力に優れたご主人様。

もしもこの先、あの二人が交差することがあれば、一体何が起こるのか。

〝――情報提供者がいるな。それも君達ですら読み切れなかった突然変異体《イリーガル》の詳細《プロパティ》を、言い当てた恐るべき知者だ〟

何も起こらなければいいと願いながら、

〝――少し、調べる必要があるな〟

けれど、杞憂《きゆう》では終わらないだろうという暗い確信が、エリザにはあった。

◆

報告を終えたエリザが真っ先に向かった場所は、あの子との思い出が咲く『花園』だった。

雨が降ろうと、夏が来ようと、『全生母』の花園は変わらない。

四季を越え、死の理すらも寄せつけないあらゆる花々が永遠に咲き誇る命の楽園。

その場所で、隻眼の従者は一枚の手紙を空に掲げ微笑んだ。


〝エリザへ〟

達筆とはとても呼べない個性的な字だ。

〝ワタシ、がんばるよ〟

しかし、だからこそ、あの子の字だとすぐに分かった。

〝キョウイチロウたちとがんばって、おくすり取るよ〟

そう言えば、あの子は読むのはとても上手だったけれど、書くのはあまり得意じゃなかったなぁと思い出して、

〝エリザのめは、ワタシがぜったいになおすから〟

「えぇ、ユピテル」

〝だから、そしたらまたいっぱいあそんでね〟

「約束ですよ」
〟だいすきだよ〟
「私も、大好きです」

隻眼の従者と夢見の獣　了

電撃の新文芸

チュートリアルが始《はじ》まる前《まえ》に3
ボスキャラ達《たち》を破《は》滅《めつ》させない為《ため》に俺《おれ》ができる幾《いく》つかの事《こと》

著者／髙橋炬燵《たかはしこたつ》

イラスト／カカオ・ランタン

2023年8月17日　初版発行

発行者／山下直久
発行／株式会社ＫＡＤＯＫＡＷＡ
〒102-8177　東京都千代田区富士見2-13-3
0570-002-301（ナビダイヤル）
印刷／図書印刷株式会社
製本／図書印刷株式会社

【初出】……
本書は、2021年から2022年にカクヨムで実施された「第7回カクヨムWeb小説コンテスト」異世界ファンタジー部門で《大賞》を受賞した『チュートリアルが始まる前に～ボスキャラ達を破滅させない為に俺ができる幾つかの事』を加筆、訂正したものです。

ISBN978-4-04-915029-2　C0093　Printed in Japan

ファンレターあて先
〒102-8177
東京都千代田区富士見2-13-3
電撃の新文芸編集部

「髙橋炬燵先生」係
「カカオ・ランタン先生」係